渦巻いて

三河牧野一族の波瀾

上巻

岩瀬崇典
IWASE Takanori

文芸社

「出会い」のすべてに捧ぐ

もくじ

出会い

一

空に白雲が漂い、雲の切れ目から光が差し込んでいる。

ここは三方に山、一方に湾を有している地である。湾から流れてくる小さな雲でも、周囲の山によって四方八方の雲を吸収し空一面を覆っていく。

時にはちぎれ、ぽつんと孤立することもある。まるで、この地の行く末を表しているような空である。

地上には見渡す限りの水田が広がり、少し蛇行した広く幅のある豊かな川が流れている。昔から、水があるところに人は集まり村ができると聞く。この地もまたそんな地であった。

古《いにしえ》より「穂の国《ほのくに》」と伝えられてきたこの地の一角を、現在、「愛知県豊川市牛久保町」という。

牛久保という地が宝飯《ほい》郡中条《ちゅうじょう》郷と区分されている時代、つまり穂の国と言われていたときより後、室町時代の話である。

その日、田口成富《しげとみ》は仁王立ちになって庭を眺めていた。

「まもなく、参るであろう。何年ぶりだろうか。久しぶりであるなあ。懐かしい」

風でゆったりと揺れている枝から、隣にいる牧野成興《しげおき》に目を向け直した。

「いかにも。成富殿は昔から大変仲がよろしかったからな。わしもお世話になった。昔のことが目に浮かぶ。懐かしい限り」

成興もまた横の成富に振り向いた。頬は肉づきが良く、恰幅のいい体格をしている。

二人はまるで鏡を見るかのように容貌も声も酷似していた。

「新芽が出ておるの。すがすがしい限りじゃ」

春を感じながら外を眺めている。

「ここちよい」

成富と成興は館の外を見つめ、お互いに声をかぶせた。再び見合って、高らかに笑った。

そして、その声はまだ青く澄んでいる空に響き渡った。

懐かしい成方《しげかた》を、空に漂う雲に思い浮かべながら。


二人の容貌は瓜二つであるが、兄弟でも双子でもない。ただ遥《はる》か遠くで血がつながっており、巡り巡って再び同じ血が通じ合い共鳴し合ったということだろう。

この巡り合いは川の流れのように、途中、岩で水の流れを別《わ》けられても終わりには再び一致するといった具合だ。

二人の祖を遡ると名東郡《みょうどう》（徳島市）の桜間《さくらま》城主である田口成良《しげよし》という同一人物の源流にたどり着く。成良は阿波民部大輔《あわみんぶたいふ》と称し、平清盛の家臣であった。

成良の子教良《のりよし》には三人の息子がいた。長男の成朝《しげとも》と三男の成継《しげつぐ》は成長すると、この宝飯郡中条郷牧野村に移り住み、「牧野」と称した（当時は住む地の地名を名とすることが自然であった。ただし、位の高い人物のみである）。

牧野村に移り住んだ長男成朝の家系は、病が蔓延《まんえん》し、すぐに途絶えてしまった。

三男成継の家系はその病から生き延び、牧野村を代表する家系となった。その成継の末《まつ》裔《えい》が、この牧野成興である。

長男、三男が牧野村へと居住を移した頃、次男の成教《しげのり》は大和国に残り、その子孫が讃岐《さぬき》へ渡り阿波最強の軍団を作り上げていた。

その讃岐で暮らした田口の末裔が田口成富であった。

つまり、成富の生まれ故郷はこの地ではなかった。

強大になりすぎた阿波の力を恐れた将軍足利義持《あしかがよしもち》は、成富の父、成方に命を下し、親子ともども、讃岐から血縁関係のある、この中条郷牧野村に移させ地頭としたのだった（地頭とは土地を管理する者のことを言う）。

将軍は自身を脅かす力を遠ざけることで脅威からの解放を望むと同時に、将軍の力をもって他国を支配することが可能であることの証明という二つの理由から力を分散させた。

二

成方と成富親子がこの地へ初めて足を踏み入れたときのことだった。

将軍からの「牧野村一帯の地頭となす」という御内書を持ち、ここに住む牧野という地頭の居所に向かっていた。

田口は、牧野という者がどんな人物か知らないままこの地に足を踏み入れた。

田畑を通るたびに、農民たちの声が聞こえる。

「牧野殿だ。牧野殿がお見えなすったぞ。ご無事であった」

あっちでも、こっちでも、牧野殿！　と丁寧に田口成方に向かって挨拶をしてくる。頭が土へ埋まるほど深くお辞儀をしてくるのであった。

これには成方も困惑した。

「わしは牧野ではない。田口じゃ！」

と、困惑しながら対応したり、大声をあげたりして、たしなめても、

「ああ、牧野殿が我々の働き振りを見にきておられるのだ。やはり、生きておられた」

と話を聞こうともせず、勘違いに気づくこともない。成方、成富にはどうすることもできなかった。

幼い成富には何のことだか分からない状況だった。そう、成富はまだ十ばかりの年であった。

本来、当時幼少期には幼名があり、成富も田三《でんぞう》という名を持っていた。

成方は、いたるところで知り合いのごとく振る舞われるため、しまいにはあきれ果て、気にもとめずに田畑の間を歩き進んで行った。

ようやく成方親子が牧野の居所に到着し、成興と対面した瞬間、成方は驚きのあまり持っていた書を取り落とし、成興のほうは、開いた口がふさがらなかった。

「父上……」

しばらくして成興は涙を浮かべながら声をあげた。そして、成方に抱きつき、大声を上げながら泣いた。

成方があまりにも父に似ており、成方から見ると、成興は我が子成富をそのまま映した姿をしており、他人とは思えなかった。成富の目にも、成興が水面を覗《のぞ》いた自身とそっくりであると感じていた。


成興の父は先の戦で討ち死にをしていた。

牧野家の子ということもあり、さらには、まだ幼かったこともあり、周りの力を借りながら、力強く生きていたところであった。成富より二つほど下の年である。

父を亡くしてからは、先代がお世話になった砥鹿《とが》神社で神官の補佐をしながら、教養を身につけていた。神へ祈りをささげることで、心の平安を保っていた。砥鹿神社は三河《みかわの》国《くに》の一之宮であり、当時から七百年も前に建立されている、この地では最も由緒ある神社である。

成富も成興も、遠くも近くもない先祖が同一人物であるのを知っていたのかどうかは分からない。

しかし、このように容貌、ましてや父までもが似ているため、ひと目見ただけ、ひと声聞いただけで親近感が湧いたことは事実だろう。

そのため打ち解けるのにそう時間がかからなかった。

成方は成興を成富と同様、息子とみなして取り計らった。

それから三人は寝食を共に生活を始めるのであった。

成方は、この地へ踏み入れ落ち着いてしばらくすると、屋敷を建てる手立てをした。

成興は父を亡くしてから、幼いながら先代の優秀な家臣とともに館を建てたと聞き、成富に屋敷を建てるように命じた。牧野の家臣は成富に対しても同様の扱いをしており、忠実であった。

「この地の者たちはよう働く」

成方はこの地に住む者たちが「牧野」に忠誠を尽くして、成富の指示どおりに働いていることが目に見えて分かった。

「父上、そしてその父上、さらにその父から伝え守られていることがあります。この地に命を授け、この地の者と一心同体でいろ、と。そして、苦楽を共にせよ、と」

成興は実の父を思い出しながら誇らしく言った。幼いが、いや、幼いからこそ目が輝いている。

地頭を任じられた「田口」であったが、成方は牧野成興の熱い気持ちを汲み、「牧野」という名前を大切にしていきたいという想いが募った。そのため成興をわが子のように扱いながらも、あえて「田口」とすることはなかった。地頭とされているが、成興の領域に踏み入ることは一切しなかった。


成富が成興と異なる唯一のところを挙げるとすれば、成興は人の心を誘導することに長《た》けており、成富には考えの答えを導き出し実現する行動力があった。今となってはどちらが欠けても成り立たない存在になっている。

成富は次から次へと屋敷を建てるための計画の指揮を執り、成興はこの地の者の心を動かし、数日足らずで建て終えてしまったのだ。

あまりにも迅速な建設であったため、周りの者からは讃岐から来た技術ということで〝讃岐屋敷〟と呼ばれるようになった。

成方はこの屋敷に住むや否や、さらなる行動に移った。成興、成富を川が見渡せる場所へ呼び、

「ここらに館を建て、そこを中心にこの地を統治していこうではないか」

成方の型破りな発言も棘《とげ》がないため、成富は頷《うなず》いて賛同した。

成興は、父もこのように突拍子もない行動をとり、責任感から動いたことで亡くなってしまったのだと、父そっくりな成方を見つめながら考えていた。

「土を掘り、堀を造り、川の本流から水を館内《やかた》まで引く。そうすればわざわざここへ水を汲みに来る必要はないであろう」

当時としては画期的な発想であった。

「父上、すばらしい考えです。さっそく取りかかりましょう」

成興は意気込んだ。成方はすでに成興の父代わりとなっていた。

この館はまさしく城の前身のようであった。成富と成興の共同制作であり、成興の人心掌握、成富の行動の速さによって、この城が築かれた。

この二つの大きな行動によって、それぞれが何をするべきか、お互いをより知ることとなった。

三

それから二十数年後、成方がいろいろな想いを子ども達に託して旅立ち、しばらく経過したある日、

「成富殿、父上、山本幸綱《ゆきつな》殿がお見えでございます」

左足、右手を床につけ中腰になった牧野忠高《ただたか》が蹲踞《そんきょ》して頭を下げながら伝えた。成富の名を先に言うことから、どちらを尊重しているかが分かる。

忠高は成興の息子で、若くして元服し間もない身である。初々しさが残り、父の成興の面影があるものの恰幅のよさは見られなかった。ほっそりとした体型をしつつも、顔をじっと見ればようやく親子だと分かるほどであった。

「よし、幸綱か。居間へ通して差し上げよ。手短に済まそう」

忠高は顔を伏したままであるため、どちらが言ったのか分からない。

「はっ」

忠高はその場を下がり、すぐに幸綱を二人のいる居間へ通した。

山本幸綱は牧野氏の家臣であり、賀茂神社の神官も務めている。慣れ親しんだ友でもある。

成富と成興が今待っていたのは山本幸綱ではなかったが、拒否する相手でもなかった。

幸綱は早々と二人のいる部屋へ入った。

「今年こそ成富殿のお子が授かるように祈《き》禱《とう》しに参りました」

幸綱は白い装束をまとい、平身低頭していた。

成興には忠高という嫡男がいるのだが、成富にはまだ子がいなかった。

成富には於《お》夕《ゆう》という正室がいたが、なかなか子を授からず、すでに幾年も経ってしまっていた。そのため昨年から幸綱に祈禱してもらっているのだ。

側室を持つことが当たり前の時代であるのだが、成富は一途で真面目であり、於夕のみを溺愛していた。

「しばし待たれよ。於夕を連れてまいる」

成富はその場を離れ、奥で炊事をしている於夕を連れて戻ってきた。

幸綱は顔を上げなくとも、その部屋一面がさわやかな空気に包まれ、於夕様が相変わらず美しいことが分かった。

「ではよろしく頼む」

成富の声につられ、於夕も言う。

「お頼み申し上げます」

成富の声が於夕の声の美しさを際立たせていた。

皆が目を閉じた。幸綱は祈禱を始め、成富の脳裏には幼い頃の懐かしい讃岐が浮かびあがっていた。幸綱の声と動きだけが舞って聞こえてくる。

「終わりました。今年こそはよき子に恵まれるでしょう」

幸綱は満面の笑みを浮かべ成富へ告げた。

「それは楽しみじゃな」

成富は幸綱につられて口元を緩めていた。成興も頬を緩めながら成富に向かって言った。

「成富殿、わしもそなたのお子が見たいものじゃ」

成富は於夕を見つめ、すかさず、

「分かっておるわ。だからこそ神頼みをしておるのじゃ」

於夕を温かく包み込むような声で言った。

そんな中、幸綱は思い出したかのように、おもむろに懐から板のようなものを取り出した。

「それと、こちらの豊作祈願の御札を一色《いっしき》様にお渡しください。今年も豊作となること間違いないでしょう」

御札である。

成富と成興の頬は瞬時に締まり、凛々《りり》しくなった。やはり武士である。成富と成興は一色刑部少輔時家《ぎょうぶしょうゆうときいえ》の家臣でもあるのだ。

「うむ。時家様もお喜びになられるであろう。ご苦労であった」

成富、成興は用意していた酒を一杯注ぎ入れ、幸綱に与えた。

幸綱は一気に飲み干し、立ち上がった。度の強い酒であるため少しふらついていた。幸綱はそのまま千鳥足で帰っていった。白い装束が揺らめいていた。

後ろ姿を見届けると、成富、成興はその姿を思い出し、笑った。

四

申《さる》の刻、雷の轟音《ごうおん》が鳴り響き、槍のような雨が頬に突き刺さり始めた。

辺りはもう薄暗くなり、黒く染まった空がより一層これからの行く末を表していた。

「時家！　策はあるか？」

一色直兼《なおかね》は馬にまたがり、迫り来る刀を鞘《さや》で防ぎながら馬三頭分離れている時家に問いかけた。

時家もまた馬にしがみつき、歯を食いしばっている。

「直兼様、一つだけ策がございます。ここは逃げて落ちのびるのです。あの軍勢に取り囲まれたらひとたまりもありません。今すぐにご決断を」

口に雨水を含みながらも、雨音に負けないよう声を張り上げ、伯父直兼に告げた。

すでに時家の周りは囲まれており、逃げ場がなかった。刀を振りまわし、切りかかってくる者を寄せつけないように防いでいる。

大将直々に刀を交えることになるのは珍しく、そうなってしまうと、もう、ほとんど首を取られてしまうことは分かりきっている。そこで、状況を飲み込んだ時家は、

「直兼様、お逃げください。この時家がしばらくの間お防ぎいたします！」

直兼はその言葉を聞いたのか聞いていないのか、

「時家、お主は生き延びよ。わしのためにも生き延びるのじゃ。お主が死んでは、わしの顔が立たぬ」

そう言葉を残すと、直兼は馬の尻を鞘で叩き、走り出した。身を捨てた策であった。

時家の周りの敵も次から次へと直兼めがけて突進していく。ほぼ全員が直兼へ向かった。大将の首を狙い、手柄を立てようと考えている者が多かったからだ。首をとれば出世への一番の近道であり、大変重要なものであった。

「時家、行けー！」

「伯父上様……」

時家は驚き、それ以上言葉が出なかった。どんどん伯父が遠くに行ってしまうのが分かった。

「何をしておる。行くのじゃ」

遠くからかすかに聞こえる直兼の声が、鋭く時家の胸へと突き刺さった。

すぐ馬を走らせその場から逃げた。後ろを振り向くこともなく。

時家もこの命を無駄にすることだけはできないと思った。

逃げる間、遠くから伯父の叫び声が聞こえる。

しかし、もう振り返ることはできなかった。振り向いたら想いは消えてしまうと思った。

振り返らずとも弓が雨のごとく降り注いでくる。逃げるしかない。直兼を打ち取った者たちがさらなる手柄を狙い、時家目がけて矢を次から次へと放ったのだ。

腕にかすったものもあれば、馬に刺さったものもある。馬に刺さったとき大きく馬が暴れた。痛みが時家にも伝わってくる。

とにかく、走らせた。限界まで走らせた。走らせるか死ぬかの二者択一しかなかった。

山へ逃げ込み、奥地まで来たとき、ようやく馬をとめ後ろを振り返った。誰も追ってはこなかった。

木々の間からほのかな光が差し込んでくる。雨は上がったようだ。

馬から降りて腰を下ろすと、疲労からか、しばらく立てなかった。馬までもが座り込んでしまった。

水溜りがあったので、覗き込んでみる。走っているときには気がつかなかったのだが、時家も馬も傷だらけであった。顔だけは相変わらず戦には似合わないおっとりとした顔をしていた。さすが名家の顔をしている。

時家はため息をつきながら、馬に刺さった矢を抜いていた。馬は悲鳴をあげ、血が流れだした。時家は、矢を抜くだけが精一杯の状況だった。

翌朝、栗毛の馬は雨と泥と血で変わり果てた姿となっていた。

そこから三河国への道のりは険しかった。刻々と時が過ぎながらも一歩ずつ進んでいった。

今まで時家には側近が必ずついていたが、この時ばかりはそんな状況ではない。時家は一人で生き延びなければならない状況なのだ。

薄暗い山の中、人目を避けてゆっくりと歩いて行った。

あの戦から幾日が過ぎたのだろうか、やっとの思いで三河国へ着いた。

時家が三河へ逃げようと思ったのは、代々親交のあった吉良《きら》氏に助けを乞うためであった。

吉良氏とは足利一門の血を引く名家であった。時家の一色氏同様、似た血を持っている。

吉良一族は、

「御所が絶えれば吉良が継ぎ、吉良が絶えれば今川が継ぐ」

と言われる由緒正しき一門である。

三河国吉良荘《きらのしょう》にたどり着いた時家は、吉良俊氏《としうじ》との対面にこぎつけることができた。

「吉良殿。お見苦しい姿をさらし、お恥ずかしい限りでございます」

時家は傷だらけの姿を名家の吉良俊氏にありのまま、さらけ出した。

吉良俊氏は目を背けざるを得なかった。

「一体どうしたのじゃ。そのような傷だらけの姿になられて」

時家と相反して俊氏は清楚な風貌である。時家も血に染まるほどの傷がなければ、吉良氏同様の風貌を保てたことだろう。

時家はことの全貌を話した。

俊氏は深いため息をつき、

「守護職の一色義貫《よしつら》殿と話をしてまいる。待っておれ」

吉良は大変面倒な者を招き入れてしまったという顔をしていた。

吉良の内部では東条と西条に割れての一族争いが絶えなかった。そのため、俊氏はより一層面倒となる負担が舞い込んだと思ったが、冷静に判断し、俊氏の率いる西条側に利をもたらすと思い、時家をなんとか匿《かくま》おうと考えるのであった。

俊氏は側近に時家の服装を正すように言い置き、その場から去っていった。

半刻が過ぎ、時家も服装、顔ともに名家らしさを取り戻し、吉良氏の前で頭を下げていた。

「一色義貫殿から命が下ったぞ。そなたには三河国宝飯郡中条郷へ城を築き、その地を平定させよとのことだ」

時家はほっとした。

「ははっ。ありがたきことにございます」

吉良氏は続けて言う。

「そちにも家臣が必要であろう。ここの者を一人家臣として授けよう。波多野全慶《はたのぜんけい》。知略に長けた男よ。そちの役に立つであろう」

「ありがたきことにございます」

時家はそれより、三河国宝飯郡中条郷へ一色城を築き安住したのであった。守護からの命であるため、周囲に住んでいる農民は誰一人として反発できなかった。


中条郷長山の地に慣れると時家は、家臣が波多野だけでは心もとないと思い、波多野に告げた。

「全慶や、他に家臣となる者が欲しくないか？　近くに牧野という農民から信頼されている者がおる。その者を家臣にしたいのだが、何とかならぬか？」

この地に住み始め、土地に馴染んでくると、必ずといっていいほど「牧野」という人物の名を聞くことになる。それほど名の知れた者だったのだ。その名が時家の耳に入らぬわけがない。

「時家様、わたくしにお任せください。必ずや家臣に取り込みましょう」

波多野は知略に長けた笑みを浮かべ、一色城を出たのだった。

五

幸綱が帰り、成富と於夕は、ほほえましい顔をしていた。

成興はその幸せそうな顔を覗き込んでいた。

「参りました。成富殿、父上、馬に乗って参りましたぞ」

忠高は興奮気味に駆け上がってきた。喜びのあまり、二人の前での礼儀をすっかり忘れてしまっている。

「来たか」

そこにいる全員が門へ集まった。あまりにも急な騒ぎで、もしこの館を見ていた人がいたら何事かと思っただろう。

馬を走らせていた者が、皆の前までやってきた。馬の手綱を引くと、馬は声を荒らげ前足を一度高く上げ、止まった。そして、その者はゆっくりと馬から降り、皆に一礼をしたのだった。

「大塚城の岩瀬忠家《いわせただいえ》にございます。牧野殿、田口殿、お久しぶりでございます」

忠家は丁寧に挨拶をした。その丁寧すぎる緊張をほぐすように、

「岩瀬殿、お待ちしておりました。中へどうぞ」

成興は忠家を館内の居間へ通した。皆が忠家の後ろに連なって歩いていく。

「お久しぶりでございます。岩瀬忠家でございます」

居間に座った忠家は、改めて挨拶をした。

「懐かしい」

成富はしみじみと言った。

「あの節はお世話になりました」

成興もまた同じような顔をして、しみじみと語った。

「おおっ。そこにおられるのは、田太郎《でんたろう》殿か？　大きくなられたな」

忠家は感心したように忠高を見つめた。

田太郎とは忠高の幼名である。忠高はうれしくもあり恥ずかしくもあり、頷くことでそれを押し隠した。

「岩瀬殿、この田太郎、忠高と改め元服いたしました」

忠高は一礼をした。忠家は喜ばしい表情で忠高を見つめていた。

忠家に助けられてから、田太郎はずっと忠家のことを慕っていた。そして、成興との相談により、忠家の「忠」の字を頂くことにしたのである。ここから牧野と岩瀬の絆《きずな》が深まっていくのであった。

「さっ、皆様方、お酒、お肴をお召し上がりください」

於夕は、忠家に酒を注ぐ。

「かたじけない」

忠家は一気に飲み干した。

そこからは次から次へ、杯があっちからこっちへ回り、成富、成興、忠高、忠家、さらには於夕までもが酒を飲み、大いに騒ぎ、大いに笑い合ったのだった。

忠家は酔うといつも昔話を語りだす。自分の生い立ちを何度も熱弁するため、全員が諳《そら》んじてしまうほどであった。


忠家の生い立ちを聞くと、彼もまた田口成富と同様にこの地に住む者ではなかった。

忠家の祖は代々政所《まんどころ》の執事を務めた二階堂氏と同族であり、奥州岩瀬城主、二階堂政忠の次男としてこの世に生まれた。

次男のため必然的に出家することになり、剃髪し藤原村浄土宗本光山昌住寺の住職となった。

その後、村の住人柘植喜右衛門の嫡子を弟子にとり、昌住寺の住職を渡し、常陸国《ひたちのくに》（茨城県）の安徳寺へ向かった。

しかし、忠家は安徳寺で破戒したため、出て行かざるを得なかった。何が原因であるのか忠家も当時のことは忘れてしまったようだ。

安徳寺を出ると鹿島大膳に奉公し、その後、思い立って鹿島氏から去り、山越《やまごえ》修行を行い、上総国《かずさのくに》（千葉県）の合戦において千葉氏を助けたことにより、千葉氏に召されることになった。

だが、ここでは忠家は反対勢力により、千葉氏から出なければいけなくなった。新参者が召し出されることに抵抗があったようだった。

後に、駿河国《するがのくに》今川氏の臣となり、この三河国千両村という地を領することになった。

二、三年そこで暮らした後、千両村が牧野氏の領となり、牧野氏の家臣である戸苅氏に千両村が与えられると、岩瀬には大塚（現蒲郡）の地が与えられた。

そして永享《えいきょう》十二年（一四四〇年）に大塚城を建てるように命ぜられ築城すると、そのまま城主となって移り住んだのであった。

大塚へ移る前は牧野氏と大変仲が良かった。だが、大塚城へ移ってからはなかなか会えず、今、数年ぶりに牧野の館へ顔を出したのだった。

酔いが回ってきた頃、

「あの大変な状況から救い出していただき、ありがとうございました」

忠高は忠家に会うたびに必ず言う。言わざるを得ない立場なのだ。

「滅相もない。あれは武士として、そして元来の僧侶として当たり前のことをしたまでです。人であれば当然のこと」

牧野氏と岩瀬氏の出会いは、あの出来事がなければここまで深い仲になっていなかったのかもしれない。


忠家がこの地での生活に慣れ始めたある春の日、天気がいいので近くの川の土手で大の字に寝転んでいた。

忠家から見て川上の反対岸に、若い女性と小さな男の子が遊んでいた。のどかな風景だった。

忠家は目を閉じ、太陽の光をまぶたで感じながら春の薫りを感じていた。

風に流れて女性と子供の笑い声も聞こえてくる。思わずうとうとし、完全に寝てしまった。

どれほどの時間が流れたのか分からない。しかし、その静けさを打ち破る声が聞こえたのだ。

「きゃー!」

遠く甲高い声が忠家の耳に響き入り、目を開けたが、気のせいかと思って再び目を閉じた。

「助けてー!」

二度目が聞こえたとき、忠家は瞬時に何が起きたのかが分かった。川の真ん中で女と子供が流されていたのだった。明らかに溺れている。忠家は腰につけた刀を草の上に置くと、帯を解こうとした。しかし、帯は絡まっていて解けなかった。

そのため、そのまま何も考えずに飛び込んだ。

「今行く！」

と言ったときには忠家は、もう近くまで泳ぎ、そこへ着いていた。

「この子を、この子を助けてください」

その女は必死に子を忠家に差し出した。

忠家は何も言わずその子を右手で抱え、左手で女の着物の後ろ帯をつかみ、泳いできた方向へ一気に戻っていった。人が溺れているときは後ろから抱えて助けないと、自分がつかまれて共に溺れてしまうことを心得ていた。女は凄《すご》い腕力だと思っただろう。岸に着いた。幸い川の流れが緩やかだったため遠くの下流へは流されていなかった。忠家は岸に女と子供を引き揚げた。

「危うく溺れ死にしかけました」

ゴホゴホッと咳き込みながら女は言った。

「いや、まだ子が危ない」

忠家はぐったりしている子供の背中を叩いた。すると飲み込んだ水を吐いて、呼吸ができるようになった。

女は、はっと口に手を当てた。子供が大量の水を飲み込んでいることに気がつかず、大切な我が子を想い我に返った。

「あ……ありがとうございます」

「礼には及ばない」

忠家は素早く立ち上がり、置いてきた刀を取りに黙って上流へ歩き、腰に挿し戻ってきた。滴る水が草木を潤している。

「あなた様のお名前は？　お教えください」

女は落ち着く間もなく問い詰めた。

忠家は黙っていたのだが、あまりにもしつこいのでついに口を開いた。

「千両村に住む岩瀬忠家と申す。そなたの名は？」

忠家は聞き返さないと失礼と感じ、聞き返した。

「申し遅れました。牧野成興の妻、朝《とも》でございます。この子は田太郎でございます」

田太郎は咳き込みながら顔を上げ、

「ありがとう。おじさん」

と苦しそうに言った。見るにまだあどけない顔である。

「これっ！　失礼ですぞ」

朝は言った。そんなことは気にもせず、

「当たり前のことをしたまでである」

忠家はきりっと言った。

「岩瀬様、お召し物が水浸しでございます。牧野の館はこの近くですので是非おいでくださいませ。着替えもご用意させていただきとうございます」

朝はどうしてもお礼がしたいらしい。

忠家は少しためらったが、

「では、せっかくなので寄らせてもらおう」

と答えた。牧野氏の名前はたびたび聞くが一度も会ったことがない。これを機にお目にかかるのもよかろうと思ったのだった。

忠家は朝と田太郎についていった。


牧野の館に着くと、田口成富と牧野成興がいた。これが忠家との初めての対面である。

朝が急ぎ事情を説明すると、成興は朝と田太郎に奥で着替えるよう促し、忠家には礼を言って座敷へ案内し、着替えを渡した。

皆が着替え終わると居間へ集まり、忠家は成富の勧める場所へ腰を下ろした。

「岩瀬殿、朝と田太郎を助けていただき、誠にかたじけない。言葉にできぬ思いでござる。それにしても、泳ぎはどこで覚えられたのか」

成興は、精強な忠家に興味を持ち始めた。

「拙者、山越修行をしていた頃に修行の一環として、泳ぎを習得いたしました」

今度は成富が興味を持った。

「修行でございますか。どのようなことをなさっていたのか、お尋ねしてもよろしいか」

成興、田太郎、朝も興味津々に聞き耳を立てていた。

「拙者、生まれは奥州。次男であるため出家をいたしました。長くなってしまうがよいだろうか」

皆頷いた。

「一度鹿島氏に仕えましたが、肌に合わず山越修行を行いました。そして、ある戦において千葉氏を窮地から救ったことにより、家来として召し抱えられることになったのです。仕えましたが、賞罰に関することで家老たちと揉め事が生じ、それがしは千葉氏から離れ、浪人となりもうした。しばらく放浪いたしましたが、駿河の今川殿の目にとまり家来とさせていただき、現在の千両村を頂くことになったのです。今川殿もこの地の牧野氏には強い関心を示しておりました」

そこに居る全員が忠家の話に引き込まれていた。別に疑うこともないのだが、忠家の声は人を引きつける力があり、人々の心を落ち着かせる何かがある。幼少に仏の道を歩んだことが影響しているようだった。

「大変興味深い話でござる。岩瀬殿とは是非今後とも懇意にさせていただきとうございます」

成富は笑顔だ。

会話が進んだ頃、門をくぐってくる者がいた。

「家の者はおらぬかー!」

会話をさえぎるほどの大きな声が響いた。

「誰じゃ誰じゃ」

邪魔されたことを不快に思うがごとく、ぶつぶつ言いながら成興は大股で門へ向かった。

そこには身なりの正しい隙のない若い人物が立っていた。

そしてその後ろには、黒光りした馬が前足を交互に踏み鳴らし、顔を上下にゆすっている。どちらもまさしく鼻息が荒い。

「それがしは一色時家様の家臣、波多野全慶でござる。時家様のお指図にて参った。話があるのだがよろしいか」

あまりに威圧的に言うので、成興はその迫力に参ってしまった。体格は明らかに成興のほうがよい。

「では、奥へ。先客が一人いるがよいだろうか」

そう言う前に、すでに全慶は館の中へ足を踏み入れていた。


「で、話とは？」

成興は居ずまいを正し聞いた。成富、成高、朝、さらに忠家までもが静かに耳を傾けていた。外から鶯《うぐいす》の声が聞こえる。

「一色時家様が、是非牧野殿に家臣になっていただきたいと申しております」

全慶は単刀直入に述べた。

全員が息を呑んだ。あまりにも突然のことで戸惑いを隠せない。

今の牧野氏は三河国中条郷牧野村を仕切る者であるが、家臣として働いたことはない。

成興は一色氏のことは知っているため戸惑っていた。

風の便りは遅くとも必ず届く。どこで戦が行われていたかも、誰がどうなったのかもよく分かる。嫁も息子もいることで、あらゆる事態を考えていた。

一方、田口成富は家臣と聞くと久しぶりに血が騒いだ。もともと数年前に亡くなった父が讃岐において家臣として働いたこともあり、家臣の働き方はよく聞かされ分かっている。

沈黙が続いた。

「仕えてみるのがよろしかろう」

そのとき突如、岩瀬忠家が口を挟んだ。

「それがしもたくさんの大名家に仕えてきた。そこで学ぶものも多かった。死と隣り合わせになることもあるが、今、こうしてそれがしは生きております。せっかくの機会、僭越ながらお勧めいたします」

やはり、声に説得力があった。

全慶も忠家の発言に目を丸くして聞いていた。もちろん、初めて見るため、誰なのか分かっていない。

再び長い沈黙が続いた。

「……よかろう。お仕えいたすと時家様にお伝えくだされ」

成興が言い終わる前に、成富が興奮して口を挟んだ。

「この田口成富も家臣に加えてはいただけぬか」

全慶は、

「牧野殿、よき返事、時家様にお伝えいたします。田口殿も是非一度時家様にお会いするのがよろしかろう。一色殿は有力な家臣を探しておられる。では、また。失礼いたした」

すぐに立ち上がり、門を出ると黒光りした馬に飛び乗り、あっという間に去っていってしまった。

この日から成興、成富は一色氏の家臣となるのである。忠家の一声がなければ、成興は断っていたのかもしれない。

六

忠高は酔いのあまり眠ってしまっている。

「忠家殿、おかげでよい嫁に恵まれました。十年たっても美しい嫁を得てうれしく思う」

成富が酔いに任せて語り始めた。忠家は、成富と「夕」の縁結びの手立てをしたのであった。

一色城に勤め始めた頃、忠家の千両村にはとても美しいと評判の女がいた。忠家は成富と引き合わせたのだった。

「忠家殿は嫁はいるのか？」

「おりますが、ただ、まだ子はおらぬ」

皆、酔いに酔って、誰もが座っているのが限界の状況であった。

「それであれば一緒に幸綱殿に祈願してもらえばよかったな」

成富が忠家の想いを汲み取り言った。外が明るいうちから飲み始めたのに、もう外は暗くなりかかっている。そのとき、

「誰かござらぬかー」

門で声がする。

「忠家殿が参るといつも別客が来る」

成興は真っ赤な顔をして、笑いながらふらつき門へ向かった。一色様とのつながりのことを思い出しながら、

「誰じゃ、誰じゃ」

あの時の記憶をたどっていた。全慶が来た時と一緒である。

ただ、異なることを探すとすれば、夕日が今沈んだばかりということ、酒で酔っ払っていることがである。ふらつきながら歩く成興に、門への道は長く感じられた。

戸の向こうには先代牧野氏からの側近である真木《まき》一鉄《いってつ》が、四本の刀を引っさげて、でんと立っていた。体格は成興と同じくらいであるが、筋肉質である。見るからに腕力もありそうで、片腕で立ち木でもはり倒してしまいそうな風貌であった。


この宴《うたげ》が開かれる日のしばらく前、酉《とり》の刻の頃、鍛冶屋から鉄を打つ音が聞こえている。高い音が一定の間隔で響き渡っている。

「立派なのができたか。成興殿、成富殿、忠家殿、そして元服したての忠高殿へ差し上げる刀だからな」

真木は牧野家に仕えていた。ここは牧野家御用達の鍛冶屋である。

真木氏の祖先は河内国（大阪府）真木村からこの三河国宝飯郡へ、鍛冶屋職人を連れて

移住してきた。それがこの地に鍛冶技術が根づく基となったのである。

真木は癖のある鍛冶屋職人衆の全体を統括していた。癖のある者をまとめ上げるため、真木はさらに癖の強いこだわりを持った人物であった。

鍛冶場は蒸し風呂状態である。何もしていない真木ですら全身から汗が噴き出している。春だからまだいいものの、夏の蝉《せみ》が騒ぐ頃には、この鍛冶屋へは入ることはできない。入り口の前を通るだけで熱風が流れ出てくるのだ。

鍛冶屋の職人は今、暗闇の中、無言で焼き入れを行っている。火の色で火の強さを確認し、頑丈な刀を作るために火の強さを調節する。火を生き物として扱っている。職人とはそういうものだ。

焼いては叩き、叩いては焼いて、その作業を何度も繰り返す。最後に水につけて焼き入れすることで、硬く美しい刀へと変わっていく。

真木は鋼《はがね》を叩く音、焼き入れで水が蒸気に変わるときの音が気に入っている。鍛冶場に響き渡る音がまるで、いくつもの楽器を使った演奏のようであった。

真木は今回も四本の刀を作ってもらうすべての工程に立ち会ってきた。完成するごとに真木は自ら刀を振ってみる。滲み出た汗が一振りごとに飛び散った。体が大きいせいか、刀は小さく見える。さまになっていた。

「どれもすばらしいものができたな。どれをとっても本当にすばらしい」

「傑作でございます」

鍛冶屋は四本の刀を丹念に作り上げたことを誇りに思っている。

研ぎ師によって研ぎ上げられた刀は、柄《つか》、鍔《つば》、鞘《さや》などにも見事な装飾が施され、完成した。

「ご苦労であった。では、ここに銭を置いておく」

真木は四本の刀を引っさげて、鍛冶屋を去った。

職人は真木が置いていった銭を見て驚いた。二十年分の米が買える銭であったのだ。

真木家は実は大富豪であった。鍛冶屋を招いたことにより収入も増え、今もどんどんと鍛冶の勢力を伸ばしている。

だが、牧野氏にはかなわなかった。牧野氏は土地を押さえており、そこの領域だけは侵すことはできなかったのだ。

真木氏は牧野氏の表に出さない統率の手腕を見抜いており、牧野氏も真木氏のたぐいまれな武術の才能も見抜いていた。

「おっ、真木か。今、岩瀬殿が来ておられる。上がるがよい」

成興はふらついている。

「大丈夫でございますか？」

真木はふらついていてほとんど歩けていない成興を抱えながら居間へ向かった。

居間へ入ると、酒の薫りが充満していた。

「真木殿ではないか」

忠家もまた酒で頬を赤らめていた。

「岩瀬殿がお見えになると聞いたので……」

言いかけた途端、酔っ払い相手に真面目に答えている自分が馬鹿らしく思ったのか、どかりと腰を下ろすと胡坐《あぐら》をかき、近くに無造作に置かれていた酒を手に取り一気に飲んだ。なかなかいい味である。

「先ほど完成した刀にございます。是非、岩瀬殿に差し上げたくお持ちいたしました」

「真木殿、このようなものを頂いてよろしいのか」

忠家は刀を手に取ると目の色を変えた。さっきまで酒を飲んでいた者とは思えないほどの目つきだ。

「これは、すばらしい」

忠家は隅から隅まで見入っていた。刃先がきらりと光っていた。

「成興殿、成富殿、忠高殿の刀もございます」

皆に手渡した。寝ている忠高は頬を叩いて起こし、とりあえず渡すことはできた。だが忠高は寝ぼけ眼で礼を言いながらまた眠ってしまった。

真木は予想とは違った場にいることを口惜しく感じていた。

一鉄も酒の場に入り、酒に乱れた。皆の意識が遠のくほど飲み食いし、一息ついた頃、忠高が目を覚ました。忠家は眠らずとも酔いがさめかけていた。

「田太郎、いや、忠高。そういえば、於朝《おとも》殿の姿が見られぬが……」

忠高は下を向いていた。忠家は来たときからずっと気になっていたのだが、聞く機会を失っていた。

「実は……四年前の冬に亡くなりました」

うすうす嫌な予感はしていたものの、忠家は返す言葉を失ってしまった。

「亡くなってしまわれたか……どうされたのじゃ?」

忠高は面《おもて》を上げて、淡々と語った。

「実は四年前、牧野村は不作でございました。そのとき、母上は風邪をこじらせたのです。医者に診てもらったところ、栄養不足により風邪をこじらせたとのことでした。しかし不作のためこれといって精をつけられるものもなく、より一層寝込むようになり、冬のある朝、ついに目を覚まさなくなってしまったのです」

春の夜は静かだった。今起きているのは忠家と忠高。二人は朝《とも》のことを思い出していた。忠家は忠高に於朝の墓所へ行こうと提案した。

静かな夜、二人は近くの寺へ向かうと、月明かりを背に牧野家の墓標に手を合わせた。

そして、忠家は経を唱えた。住職の頃の名残が出ている。幼少の頃に学んだことは今でも忘れないらしい。

経を終えると再び館へ戻った。皆は深い眠りに就いていた。忠家も今宵はここに泊まることになった。

経を唱えた忠家は、久しぶりに寺という存在を懐かしく思っていた。

七

翌朝の別れ際、忠家は成興へ訊《たず》ねた。

「それがしが大塚城へ移った後に新しい寺が建ったと聞いているが、そのような寺は本当にあるのか？」

「岩瀬殿が大塚へ移った翌年、円福山《えんぷくざん》豊川閣妙厳寺《みょうごんじ》が建ちもうした」

「さようであったか。帰りに立ち寄っていこうと思うが、どこか教えていただけぬか？近くであればよいのだが」

「もちろんでございます。目印がございまして、近うございます。ここからですと、あの二本の太い木に向かって馬を走らせればすぐに見えてまいりますぞ」

「さようか、かたじけない。牧野殿、昨日は久しぶりにお会いできてとても楽しいときを過ごさせてもらった。今度は我が大塚城へお立ち寄りいただきたい。いつでも歓迎いたしますぞ。では、また」

ここへ来たときと同様、皆に一礼して馬にまたがった。腰には真木からもらった刀が挿してあった。

忠家は昔から、近くに寺が建つと聞くと自分の眼で必ず見に行くのだった。そして、その住職に話を聞き、自分の学びの糧《かて》にするのであった。昔からの習慣は長く続くものである。

あっという間に寺に着いた。布切れで寺の門の汚れを落としている坊主頭の歳をとった者がいた。

「ここが妙厳寺であるか？」

「さようでございます」

磨かれて、今にも光が反射してきそうなくらい輝くほどの門であった。

「ここの住職はおいでになるか？」

「拙僧が住職でございます」

「なんと！」

忠家は大きく目を見開いた。この寺の寺男《てらおとこ》が門を掃除しているかと勘違いをしていたのだった。

「これは大変なご無礼をいたしました。ここから西の大塚から参った岩瀬忠家と申す者でございます」

「それはそれは、遠いところからお越しになられました。わたくしはこの妙厳寺住職の東《とう》海義易《かいぎえき》と申します」

手を合わせ、目をつぶりながらお辞儀をした。とても丁寧であった。忠家もすぐさま同じ格式で挨拶をした。義易に劣らず丁寧であった。

「ここはどのような宗であるのか、お話をお聞きすることはできようか？」

「もちろんでございます。少々お待ちいただいてよろしいですか？」

「はっ」

義易は門の両面を磨き上げると法堂へ招いた。

見事な菩薩像が安置されていた。

「この菩薩像は日本曹洞《そうとう》宗の開祖道元の弟子、寒巌義尹《かんがんぎいん》禅師伝来である本尊、千手観世音菩薩像でございます」

忠家は次から次へと興味を持ち、聞いた。

「して、あの境内に祭られている狐のような形をした像は何でござろうか？」

「あれは吒枳尼真天《だきにしんてん》像と申し、狐の精で守り神でございます」

「すばらしい」

狐の守り神は、当時より怨敵退散を祈願する存在であった。

「存分にご覧になり、何かお聞きになりたいことがありましたらお呼びください。あちらにおりますので」

と、廊下を指した。廊下拭きを行うのだろう。

「心遣いに感謝いたす」

狐は見つめるたびに動き出しそうであった。

忠家は両手を合わせ、目をつぶった。まぶたの裏に尾の長い白い狐が現れ、こちらを見つめていた。


吒枳尼真天とは、寒巌禅師が、宋から帰国する途中、稲束を背負い、宝珠を提げた白い狐にまたがった女神に会った。そのとき『われは吒枳尼真天なり。師の法を守護し、師の教えを敬う者を守り、安穏快楽にしよう』と告げられ、祭ったことが始まりだそうだ。

ちなみに、この妙厳寺こそが、現在の通称「豊川稲荷」である。


義易は廊下拭きを続けていた。忠家は迷惑をかけてはならぬと思い、義易に深く一礼をし大塚城へ帰っていった。大塚城には忠家の妻が待っている。

それから半年後、紅葉が散り、辺り一面が落葉樹の葉で埋め尽くされ、木に実がなり始めた頃。夕のお腹も膨れてきた。

「あの祈願が通じたか」

成富は夕のお腹を擦《さす》り、頬を緩めている。屋敷の庭には小さな柿の実が風に揺られていた。

「ようやく身ごもったのじゃ。大事にせいよ」

夕を見つめて言う。夕もまた感慨深そうにお腹を見つめ、擦りながら言った。

「もちろんでございます。長年待ち望んだ末、やっと成富殿の子を授かりました。うれしく思います」

それからというもの、どんどんとお腹が大きくなっていった。三カ月もたつと着物の外からでもくっきりと分かる。立ち上がるのも一苦労だという。

「子が動いたぞ」

成富は手を夕のお腹に当て、命を感じては喜んでいた。

「わしもしっかりせねばな」

恰幅のいい男が、幸せのあまり、さらに恰幅のいい男へと成長していった。

成興も夕に子が宿ったことに喜びを感じていた。今は亡き朝のことを思い出し、忠高が宿ったときの於朝を想うことができた。

ある日、一色城にて、

「成富、近う寄れ」

「はっ」

成富は急に呼ばれた。

「そちの奥方に子が宿ったそうじゃな。めでたいことじゃ。これを機に牧野と名を改めたらどうじゃ。田口では何かと不便じゃろう。牧野村に住んでいるのであれば、牧野でいいのではないか。予もそのほうが都合がいい。今日から牧野と称せ。成興にもこのことを伝えておく」

時家は扇をあおいでいた。烏帽子《えぼし》を取りながら言った。秋の季節とはいえ、まだ日によって暑くなることもある。この日も風がなく暑く感じる日であった。

「ありがたきことにございます」

平伏する成富は成興よりも優遇されていた。成富の行動力が時家の心に響いたのであろう。

田口と牧野の関係は深く、出会ったころを思い出していた。

牧野の名を大切にしていた成富は喜ばしく思っていた。

動乱の幕開け

一

時家がこの地へ根を張り、成富、成興が一色城に仕えるようになって間もない頃、三河の守護である一色義貫が謀殺されるという事件が起きた。

噂《うわさ》によると、対立していた鎌倉公方足利持氏《もちうじ》の残党である時家が生きていることを知った将軍足利義教《よしのり》は、それを匿ったのが三河の守護一色義貫だと分かると自害に追いやった。

もっとも、根本のきっかけは他にもある。一色義貫が足利義教の馬揃えに向かったのだが、その順序が一番ではなく二番であった。そのことを不服と思った義貫は、その馬揃えに出なかった。

これは将軍に対しての侮辱冒瀆《ぼうとく》であり、死に相当することである。

こういう行動により、義貫の忠誠心を信じることができず、結果、死に追いやることとなったのだった。

そのとき、直接匿った吉良氏も危うく謀殺されそうになるが、義教へ忠誠を誓ったためその難を逃れた。

が、吉良氏は時家をこのまま生かしてはおけないと考え、乱波《らっぱ》を放ち、時家の暗殺を計画するのであった。

そこで、その危機を救ったのが、家臣である波多野と田口であった。

「今までのご苦労と我々への接し方を見ていると、ないがしろにはできないかと」

波多野は、吉良へ言った。

「分かっておるのだが……」

確かに時家は吉良氏への忠誠心も強く、恩には恩で報いる行動をしていた。

波多野と田口は吉良荘で吉良氏を説得し、時家の暗殺計画を中止させた。

さらに、足利義教への忠誠を誓い、吉良との関係の深い今川氏へ属することで、時家は生き残ることができたのだった。

だが、吉良氏が暗殺の計画をしていた頃、その噂が風に乗って伝わっていた。それがのちに大きな火種になるのである。

こうして、波多野と同じような行動力を持った田口は時家の心を動かし、知名度の高い牧野という名を田口に勧めたのだった。

一方、成興による「地を安定に保つ」という働きも良かったため、牧野という名を取り上げるということはしなかった。成興のおかげで、この三河中条郷の地に争いは起きなかった。

もとより、成興と成富の仲が良いことを知っていた時家には、牧野と一括《ひとくく》りにするほうが恩賞の際、都合が良かったのだ。

十年前までは田畑しかなかったこの牧野村は、一色城ができた後、さらに十年で大きく様変わりした。

あらゆる土地からさまざまな人物が現れ住み着き、発展していった。

そして発展するたびに、今までにない問題がたくさん出てくることになった。

井戸の問題、水路の確保、盗賊の横行、疫病、作物の盗難、さまざまである。

問題が増え、その問題を解決していくたびに牧野氏の力も強大になっていった。

はじめはただの土地持ちで、百姓に年貢を納めさせるだけの地位であったのだが、一色氏の力の成長とともに牧野村周辺を統括する武将へ格上げされていった。

それに伴い、牧野氏の有能な家臣も、ここ十年で大幅に増えていった。

二

その日、牧野と称するようになった成富は牧野の館にいた。最近はほとんど牧野の館に寝起きするようになっている。

牧野村に関することを成興に相談に来るのだが、成興も心細さから成富を呼ぶのだ。

成興の腕は確かなのだが、今一歩のところで決断力に欠けている。そういうところを知っている成富は、陰で支えていたのだった。

成富の子、田蔵は生後一年近くが経ち、庭の蜻蛉《とんぼ》に興味を示し、庭に向かってはいはいしている。途中、父に気がついたのか近づいてきた。

「トートー」

成富のことをそう呼んでいた。言葉を覚え始めた田蔵は、目にするものすべてに反応して言葉を発している。

そんな姿を、成富は遠くから眺めていた。眺めてはいるが、険しい顔つきだった。

「今はなりませぬ」

夕は成富の近くへ向かおうとする我が子を制した。成富は今、家臣の陶山《すやま》善四郎と用談中である。

「どのような状況なのじゃ」

成富は渋い顔をして、善四郎に尋ねた。

「はっ。被害が拡大しております。夕方は何も異常はないのですが、朝方見てみると必ずやられていると聞いております」

「どこもそうであるのか？」

「被害は一件だけではありません。毎日のように四、五件あるようです」

「困ったものだ。盗賊の仕業か？」

「そのように思ったのですが、百姓に話を聞いてみると、どうもそのようには思えないというのでございます。ところどころやられていて、荒らされ方も不始末だそうです。人が分け入って出て行ったような被害ではないのです。こんな間抜けな盗賊はいるのでしょうか？」

「盗賊は皆間抜けよ。この実りの秋に田を荒らし、米を盗みに来るとは何事じゃ」

成富は憤慨している。今年は不作にもかかわらず、このように作物を狙った事件が多発している。

「善四郎よ。犯人を捕まえて、ここへ連れてくることはできぬか？　褒美は多くするぞ」

「分かりました。どうにかして三日以内に捕らえてまいります」

「うむ。よろしく頼む」

成富は夕を見つめ、田蔵を自由にするよう目で指示した。夕は田蔵を放した。

「トートー」

田蔵はまんまるい顔で成富を目指しハイハイをしてきた。今度は成富も頬が崩れている。

「善四郎、申し忘れた。捕らえることが難しいと思ったのであれば、おぬしの弓の腕をもって犯人をしとめるがよい。向こうも必死であるはず、甘くみてはならぬ、容赦はいたすな」

「はっ」

善四郎はその場からすぐ下がった。父と子の優しい空間を乱してはならないと悟ったからだ。

陶山善四郎には弓の腕と百姓に対しての誠実な態度により、武術の訓練と年貢についての職務を任せている。

弓の腕は星野行明より教えを請い受け継がれている。星野行明の祖先は、羽衣を川沿いの松で見つけ、持ち帰った。それは天人のものであり、引き替えとして名弓の行明が宿ったとされている。今ではその松は「羽衣の松」と呼ばれている。

近頃では腕の立つ家臣が続々と牧野のもとを訪ねてくる。なかには強大な力を授かろうと悪巧みをしている者もいる。

そんな中、忠実かつ正義感の強い人物を見抜いて家臣として採用をしているのであった。

その役目は、若い牧野忠高の職務であった。重要な仕事であった。寸分でも見誤れば一族すべてが滅ぼされる危険が徐々に起こり始めていたからだ。

それぞれが、持ちうる才能を必要なところで発揮していた。

善四郎は、米泥棒の正体をどう突き止めようか腕を組みながら考えていた。

まずは聞き込み調査だと思い、牧野氏の統治している地の百姓すべてに対して調査を行った。

その結果、被害の数は多いものの、局地的に発生していることが分かった。

そして、毎晩発生しているところを特定し、弓を持参して黄金色をした田で張り込みを行うのであった。

忠高が見定めただけのことはあって、自らの正義のために人を使わないあたりが牧野氏の統治方法を表しているようであった。

「犯人を必ず捕らえてやる」

善四郎は酉の刻からずっと身を潜めていた。空には月が見える。

「なかなか来ぬな」

もうすでに、亥《い》の刻は回っていた。

そのときであった。がさがさっと音が聞こえ、稲が揺れているのが分かった。

ここぞとばかりに一声、

「誰じゃ、出てこい。出てこぬと射るぞ」

まだ、がさがさとさせ、全く出てくる気配がない。

善四郎にも人情があり、

「もう一度申す。出てこい。出てこぬと弓を射るぞ」

一度、ピタッと動きが止まった。そう思った瞬間、さっきより激しく動き回り、見るからに出てくる気配がない。

善四郎はため息をつき、弓を構えた。音だけで相手の居場所を探り当てることができる。矢を引き、目をつぶったまま射た。

―ドスッ―

当たった。しかし、動きが止まる様子もない。

もう一度矢を射た。再び命中し、今度は動きが静かになった。

善四郎は慎重に近づいていった。相手が武器を持っていたら大変だと思い、抜刀して近寄っていった。ついでに捕らえられるように縄も持っている。

月の明かりで犯人が見えるところまで近寄った。

顔が見えるところまで近づいて、善四郎は驚いた。


翌日、善四郎は犯人を引き連れて牧野の館へ向かった。成富と成興が共にいた。

「御館《おやかた》様、犯人を見つけて捕らえてまいりました」

「おっ、善四郎であるか。でかしたな」

「田荒し、米泥棒の犯人を知って大変驚きました」

「さて、その犯人とやらはどこにいるのだ」

「門のところにつないでございます。引っ張ってくるのに大変でございました」

夕、田蔵も引き連れ全員で門へ向かった。

「こやつです。こやつが犯人でした」

善四郎は犯人に向かって指を指している。田蔵も指した方角が分かったらしく、その方向を見た。そして、キャッキャと笑った。

「ほう。猪であったか」

猪には二本の矢が刺さった痕があった。成興、成富は驚きながらあごをさすっていた。人間かと思っていたので不意を突かれた顔をしていた。

「して、どのように捕らえたのじゃ？」

成富は真面目に聞いてみる。

「弓を使いました。亥の刻が過ぎた頃、本物の猪が現れました。この善四郎、自慢ではないですが、暗闇でもほんのちょっと音が聞こえれば居場所を察知することができますゆえ、このように猪をも捕らえることができたのでございます」

「てがらじゃ」

成興は感心していた。田蔵はまだ猪を見てキャッキャと笑っている。とても気に入ったようだ。善四郎も自分の腕が確かであることに自信を持つことができた。

「猪までもが食糧に飢えており、人間の米にまで手を出すようになったのか……。今はそれほど深刻なのじゃな」

成興は言う。

猪はいつもであれば、豊富な食糧がある人影のない山で暮らしているが、今までにないほどの食糧難に見舞われた。そのため、牧野村へも入ってくるようになっていた。今までは猪による作物への被害など聞いたことがなかったが、それ以来、見るようになった。

「約束どおり、善四郎に褒美として土地を分け与えよう。水田にするなり、屋敷を建てるなり、好きなように使うがよい。田蔵を笑わせてくれた礼でもあるぞ」

「はっ、ありがたき幸せ」

善四郎は頭を下げて謝意を示すと、笑っている田蔵の顔を見つめた。お互い満面の笑みである。

「せっかく猪を射止めたのじゃ。猪鍋《ししなべ》にでもするかの」

成富は夕に提案した。

「それは良い考えです。しかし……成富殿が猪をさばいてください。わたくしにはさすがに……できませぬ」

夕も最近、何事にも顔を出すようになってきた。母としての自信がついてきたのか、牧野の妻として意見を言うようになったのだった。

三

田蔵がやんちゃ盛りになった頃、大塚城の岩瀬忠家から書簡が送られてきた。

「牧野成興殿、成富殿、忠高殿、田蔵殿、於夕殿

いかがお過ごしでしょうか。牧野一族の噂はこの大塚の地まで知れ渡っております。風に乗ったがごとくに広まっております。日に日に勢いを増しておられる様子が頬にあたる風によって窺《うかが》えます。

田蔵殿が健やかにご成長とのことお聞きいたしました。我が娘もすくすくと成長しております。昨年生まれた息子も大変元気に育っております。

息子は元服したら幼名を捨て「氏成《うじしげ》」といたしたい。「氏」は今川氏親《うじちか》殿から「氏」の字を賜ることになりました。「成」の字はお許しを頂ければ、成興殿、成富殿のようなすばらしい武将になることを期待して名付けたいと思っております。

ところで、忠高殿はまだお独り身でしょうか？　もしよろしければ、我が娘きよを正室としてお迎えくださりませぬか？　きよもそろそろ年頃であり、よき夫を探しております。

牧野殿がよろしいとお考えになってくだされば、すぐにでも縁談の座を設けたいと思っております。

付け加えて、一つ気になる風聞がございます。牧野殿の勢力拡大を、田原に住む戸田一族は快く思っていないと聞いております。

今後、田原の戸田という人物に注意をしていただきたい。


それでは、よいお返事をお待ちしております」


牧野一族はこの書を読み、真っ先に考えたのが忠高の正室のことだった。今までこれといった縁談もなく、ないからといって、このまま独り身で終えてはならぬ身であった。

幸いにも忠高自身、忠家から名前を頂くほど慕っている。そのため、きよとの縁談はすぐにまとまった。

きよは忠家に似て、清く正しい正義感の強い女だった。もし男に生まれていたら有力な武将になっていたに違いない。

忠高は一目見ただけで恋に落ちてしまった。容貌も性格も何もかもがすばらしかった。日頃家臣の採用を判断している忠高ですら、このようなすばらしき女を見たことはなかった。

忠高ときよの祝言の日取りも決まった。ところがその一週間ほど前になって、悲劇は起きた。

忠家が亡くなったのだった。自分の娘の晴れ姿を見る前に息を引き取ってしまった。

父の死という現実を受け止めながらも、きよはしっかりとしていた。しばらくは喪に服したものの、喪の明けるのを待って祝言が執り行われ、その日よりきよは牧野一族の一員となった。

文《ふみ》に書かれていた戸田とは、のちの田原城主戸田宗光《とだむねみつ》である。通称は弾正左衛門尉《だんじょうさえもんのじょう》と呼ばれている。

宗光は碧海《へきかい》郡の代官を務める一方、尾張知多郡を領有し、三河をも視野に入れていることが目に見えて分かった。

牧野一族はこの一報をきっかけに、より戸田宗光を意識するようになるのであった。

戸田宗光は一色義貫が謀殺されてから三河守護となった細川成之《しげゆき》に近い人物であり、額《ぬか》田《た》郡一揆が起きた際に鎮圧のために動いていた。先を読み、すぐに行動する風のような人物である。

一色義貫亡き今となっては、時家はおとなしくしているほかなかった。

そんな中、吉良氏が暗殺を試みようとした噂が宗光の耳に入った。

その状況を察した戸田宗光は、時家の側近波多野全慶に使いを出すのであった。

四

田蔵が元服を迎えた。名は父の成富の「成」を頂き、一色時家の「時」をもらい受け、「成時《しげとき》」とした。

成時もまた、父成富の背中を追うようにして一色時家に仕えるようになった。体つきも顔つきも、今は亡き成富に似ている。そう、もうすでに成富は亡くなっていた。元服姿を見る前に父は亡くなったのだった。

母、夕が従者とともに食事の支度をしているとき、父成富が起きないことを不審に思った田蔵は、父の寝所へ向かった。

「父上、朝でございます」

父の寝室へと向かい、障子越しに二度、三度と声をかけた。が、返答がなく起きる気配がなかった。

田蔵は起こそうと成富の体に触れた。その瞬間、状況を把握した。父は冷たくなっていた。成時は青ざめ、すぐに母を呼んだ。

夕も慌てて家の者に医者を呼びに行かせたものの、もう手遅れだった。

夕、成興、忠高、きよ、そして家の者たちが成富の寝所に集まった。全員が目に涙を浮かべ、魂の抜けた成富を見つめていた。

夕、田蔵はもちろんのこと、成興にとっての成富は人生そのものだった。

医者に死因を聞くが原因は分からなかった。毒でも飲まされたのかと疑ったが、そのような類《たぐい》ではないようだった。もしかしたら、連日の疲労が心臓を蝕《むしば》んでいたのかもしれない。

葬儀は静かに行われた。人が生きることは常に死と向き合っていかなければならない。どんなに偉大なことをしても、死は常に隣にあることを、皆、心に焼きつけた。

葬儀には、成富と親しい村人は全員参列した。老若男女が一堂に会した。

成興は讃岐からやってきた成富とは三十年以上もの付き合いであり、出会ったときの衝撃を今さらながら思い出していた。

この世に自分そっくりの人は三人いると聞いているが、それが目の前で、それも父子同士で起こるとは、成興自身予想できなかったことである。成興は父と成方を想いながら、成富の最期を見送った。

一人、二人であった家臣も、今では五、六人に増えている。これも成富のおかげであった。

「あの世で会ったら、また笑おう」

黄泉《よみ》の国へと旅立った成富に向かって言える、成興の精一杯の言葉であった。

成興の後ろ姿に悲しみが降り積もった。そして、その降り積もったものを振り払える者はいなかった。

一色に仕えるようになった成時の最初の仕事は、牧野の館を改修することであった。傷んできているところを補修し、牧野に仕える者も増えてきたため部屋の増設までもした。

成富の血を引いているだけあって、行動は迅速であった。

それにより、牧野の館は牧野城と言われるほど大きくなったのであった。

成興は成富が亡くなってから、牧野城は成時のものとしていた。忠高もそれには納得していたため争いが起きることはなかった。すべては若き成時を中心に回っていた。

成時が次にしたことは、領内を固めるために村に諸職人を招き、殖産に力を入れることであった。村で取れるさまざまなものを特産としたり、互いに副業とさせたりして栄えさせたのであった。

村は活気づき、どんどん豊かになっていった。米が不足する年になっても、豊かな財力で多方面から買い求めることもできるようになった。

そうした経済力は人を引きつけ、徐々に人も増え始めたのだった。

今川からの与力として伊勢からやってきた稲垣重安という人物もその一人であった。

「牧野殿、この地の盛んなことは今川様よりお聞きしております。是非この重安を家来としてお使いくだされ」

「そなたは何ができるのじゃ」

長男（のちの成種《なりたね》）が誕生した忠高は、立派な牧野の中核となっていた。登用に関しては、相変わらず、ずば抜けた才覚を発揮していた。

「武術剣術を一とおり習得しております。その他、算術等も学んでおりますゆえ、どのお務めにも対応いたしましょうぞ」

「うむ。気に入った。登用するかどうかは、この牧野城内の木をいかに剪定《せんてい》するかで決めようぞ」

「はて？　牧野城内の木の剪定でございますか？」

「そうじゃ。それですべてが分かるのじゃ」

「それで、いつまでに行えばよろしいのでしょうか？」

「それはそちが決めればよい。すべてを見て決める」

忠高は満足げに告げた。

重安は眉間にしわを寄せ悩んでいた。これが忠高の登用のやり方だった。

翌日の夜、稲垣が一色城から戻ってきた忠高の前に現れた。

「牧野殿、ご覧ください。剪定が終わりました」

「なに。もう済んだのか？」

忠高は場内すべての木々を見て回った。どこもかしこもきれいに剪定されている。

「重安と言ったな？　どのような方法をもって一日にして剪定をしたのだ」

「村には武術を心得たたくさんの若い者がおります。この重安、いたるところを訪ね、頭を下げてまいりました」

「つまりは、人を雇ったということだな」

「そのとおりでございます。五、六人集まりまして、稽古の一環として刀を持って木を切らせたのでございます」

「ほほう。わしの想像以上のことをしてくれた」

忠高は期待したとおりの行動を褒めた。

「登用のほうはいかがにございましょう」

「もちろんじゃ。これからは成時殿に仕えるがよい」

実は、剪定をするかしないかで登用の有無が決まっていたのだった。

仕える気がある者は必ず数日中にその仕事をなし、仕える気がない者は口先だけで何もやらない。そこを忠高は見ていた。さらに、短期間でことを進めるために自分で考え、最大限に努力する姿も評価に入れていた。

稲垣という人物は牧野にとって忠実であるということが、この一件から分かったのであった。

五

文明八年（一四七六年）の冬のこと、一色城内にて一色時家と波多野全慶時政《ときまさ》が言い争いをしている。全慶は長年、時家に仕えてきて、時政という名をもらっていた。

「時家様、どうしてこのままなのか説明をしてくださいませ」

「時政よ。仕方のないことじゃ。この地は大きくなりすぎた」

「それが時家様の希望ではなかったのですか？　そのためにこの時政も仕えてきたのです」

城内の池の水が凍るほど寒かった。飛ぶ鳥もいなかった。それにもかかわらず、冷静沈着なはずの時政の頭には血が上って熱くなっている。

「そう怒るな。予は平和に生きたい。時政、予がこの地へ参った日のことを覚えておるか？」

炭を燃やして手を温めている。穏やかである。

「もちろんでございます。全身傷だらけでございました」

「予はあのような思いをしたくない。力が大きくなればなるほど、戦いは避けられなくなる。そうなると、誰にも止められない。予を助けてくれたのは伯父上。伯父上が予の身代わりになってくれたのだ。大将の伯父上がなぜ予を助けたのか、全慶には分かるか？　予は平和に生き延びたいのだ。伯父上から託された命、大切にせねばならぬ。今なら伯父のとった行動が分かる気がするのだ」

「何を弱気なことをおっしゃるのですか、時家様。現に、三河の守護職であった一色義貫様は、幕府への謀反人として謀殺されておりますぞ。これは、時家様が落ち延びたからではございませぬか。

無礼は承知の上で言わせていただきますが、時家様は虫が良すぎます。義貫様がお亡くなりになった後、すぐに三河の守護職は細川成之様に替わりました。しかし、守護代が戦に敗れて自害したため、出仕を止めておられます。今こそ時家様が動く時でございます。平和平和とおっしゃいますが、そのままであればいずれ他の武将に飲み込まれてしまわれますぞ」

時政は、焦っていた。

「予はそれでもいいと思っておる」

炭がバチバチと音を立てて燃えている。時家はこのように熱くなった炭を遠くから見つめ、自然と火が消えるのを待つしかなかった。

時政はもう何も言わず、踵《きびす》を返して時家の前から下がった。時政ほど知略に長けている者にとっては、時家のような考え方を受け入れることができなかった。

時家の家臣は、時政と時家に亀裂が生じていることなど微塵も感じてはいなかった。もちろん、牧野成時も同じである。

実は時政は、時家の政治手腕に対して怒りを募らせているのではなかった。

室町幕府管領の細川勝元と、山名持豊《もちとよ》の守護大名が争った戦いの際、一色氏は西軍に加わり、三河の守護であった細川氏と対峙《たいじ》したのであった。

そのとき、守護代であった東条国氏《くにうじ》を切腹に追い込んだのは一色氏であった。

このような目まぐるしく動く世界の中で、その場その場で対応を考えていくはずの時家であるが、それ以降魂が抜けたかのごとく、一切動かなくなってしまった。

時政は思いどおりの速さで時家が動いてはくれなかったことをずっと根に持っていた。

戸田氏の行動の速さが脳裏に浮かび、不満が積もりに積もっていった。


「時政殿、お話は伺っております。時家殿の暗殺を阻止したと」

「さようですが、何か」

時政と対峙しているのは戸田宗光であった。時家の暗殺未遂事件の直後のことであった。

「時政殿、本来行いたいことがあるものを押さえつける生き方はつらい。何かあればいつでもわしが力を貸す。これからの世は流れるように進むだろう。流れに飲まれるか、流れに乗るか、よく見極めるがよい」

宗光は、それ以上言わずに去って行った。

いやな胸騒ぎを時政は感じていた。時家を慕っていたはずの時政であったが、胸の奥底に何か引っかかるものがあり、苦しい思いで過ごすこととなった。

目の前に生き生きとしている戸田氏と、この地に来たばかりの若々しい時家を重ねてみていた。時は流れる。しかし、時ほど残酷なことはない。


翌年の春。大きな事件が起きた。

その日、いつも仕えている時家の側近である波多野全慶時政の姿がどこにも見当たらなかった。時政だけでなく、時政が一色城に取り込んだほとんどの家臣が一色城に出仕しなかった。城内は静まり返っていた。空気までが淀んで不穏な心地がする。

「殿、謀反でございます」

「なに、……時政か?」

時家はうすうす気がついていた。全慶時政が話をしに来て以来、時家との会話が少なくなっていたのだった。

「波多野全慶が御津灰塚野《みとはいづかの》にて軍を待機させております」

時家が放った密偵によると、時家が考え方を改めない限り討つつもりらしい。全慶はすでに時政という名を捨てていた。

時家は、城内に咲き誇る桜の花びらの散ってゆく姿を眺めていた。散り行く桜を目で感じ、付き従う者を背中で見ながら春を感じ決断した。

「予は、桜の花びらのようかもしれぬ。薄桃色の花びらは、いっときは清らかで美しいが、必ず舞い落ちる。清らかさを望めば望むほど、儚《はかな》く散りゆく。……。全慶にこう伝えよ。

『予は考えを改めぬ』とな」

　時家は使者を走らせた。


　具足を着けた。指で触れただけでも血が滴り落ちるという鋭い刀を腰に提げ、栗毛の馬にまたがり、たった一人で灰塚野へ疾走した。

　時家は誰も巻き込みたくはなかった。そのため、時家に忠実な家臣を一色城へ置いたまま一人で出てきたのだ。時家は全慶との一騎打ちをするつもりだった。

　全慶率いる軍団が見え始めた。時家は馬を止めた。軍団の中の一人一人の顔を見ていた。中には時家が絶大なる信頼を寄せていた家臣もいた。

　時家は打ちひしがれた。今まで欺かれていたことに、落ち延びてきた以来の屈辱を味わった。

　しかし、すぐに冷静になり、すべては全慶の知略によるものだと見抜いた。家臣を上手く言いくるめたのであろう。全慶は知略に長けている。

　馬の鬣《たてがみ》をさすり、ゆっくりと馬から下りた。日が出ている。ぽかぽかとした春の陽気であった。

「全慶！　そなたと一騎打ちをいたしたい」

「時家様、考えを改める気はないのでしょうか？　改める気がないのであれば、手加減はしませぬぞ」

全慶は馬からサッと下りた。

「皆の者、この全慶が勝てばわしについてくるがよい。しかし、時家様が勝てば、迷わず時家様に従うのだ。よいな」

他の者が手出しをしないよう命じておいた。全慶も無駄な争いはしたくはないと心底では考えていたらしい。

「全慶。そなたとこのようなことになるなど、思うてもみなかった。残念じゃ」

「時家様はこの世の流れを分かっておらぬのじゃ。食う者と食われる者しかいない。食わなければ、やがて食われてしまいますぞ。時家様が一番分かっておられるのではないか」

刀を抜き、切っ先をお互いに向け合った。周りを取り囲む家臣は息を呑んで見守っていた。

「どこからでもよい。かかってくるのじゃ」

時家は久しぶりに刀を握り、重さを感じていた。

時家は勝とうという気など一切なかった。信じていた家臣のほとんどが全慶側についていたため、全慶を倒しても家臣をつなぎとめておく力は時家にはないと自覚していたのだった。

ただ、亡き伯父へのせめてもの償いとして清い戦いをしたかった。

「では、参る」

知略に長けた全慶だが、剣術の腕も決して劣ってはいなかった。むしろ、優秀な部類に入るだろう。

全慶は真正面から討った。時家は刀で防いだ。全慶はさらに横から討った。時家は防いだ。

全慶はどんどん討ち、時家はどんどん防いだ。時家は防ぐので精一杯だった。全慶には余裕があった。

「時家様、刀をお捨てください」

「それはせぬ」

全慶、時家ともに息を切らしていた。時家は全慶の迫り来る勢いを楽しんでいたのかもしれない。

全慶はまた討ち、時家は防ぐ。これでもかというくらい討ち続け、全慶が斜めに大きく振り下ろした瞬間、時家は刀を捨てた。

そして、切られた。時家はわざと刀を捨てたのだった。

「時家様……」

全慶は目を丸くした。時家は切られる瞬間、かすかに笑ったのだった。何に対して笑ったのかは分からない。切られる覚悟はできていたような目をしていた。

全慶は時家がわざと刀を捨てたのを見ていた。なぜ急に刀を捨てたのか、全慶は理解することはできなかった。いくら知略に長けた男でも、その心を読みとることはできなかった。

全慶は全身に返り血を浴びていた。時家を切った刀を握り締めながら、しばらくその場に立ち尽くしていた。

六

牧野成時に一色時家の死が伝えられたのは、明くる日の明け方であった。

時家が討ち取られた日、成時は一色城への勤めはなかった。そのため、情報をつかむまでに時間がかかった。

「なに！　時家様が討ち取られた⁉　なぜもっと早く知らせぬのだ！」

一色城へ出仕しようとしていた矢先のことだった。

成時は天と地がひっくり返るくらいの衝撃を受けた。父、そして、今病に伏せっている成興を登用してくださったのは時家だった。

「一体誰がそのようなことを」

頭を抱えながら、知らせを伝えに来た者に言った。成時には謀反する人物の名が、頭の隅から隅まで調べても出てこなかった。

「時政殿……か」

唯一思いついた名だったが、まさにそうだった。使者から名前を聞いたとき、驚きを超えていた。目を大きく開き、今度は目を細め、遠くを見るまなざしをした。

あれほど時家に忠実であったあの全慶が謀反を起こすなど、考えもしなかったのだ。

「なぜに時家様を……？」

次から次へと成時の頭に「なぜ」が駆け巡っている。この地で謀反が起こったのは初めてであった。さらに、その謀反の犯人は、成時の幼少時にかわいがってくれた全慶時政である。

「時政殿と話をしてくる」

成時は時家も時政も尊敬し慕っていた。成時という名前になったのは時家の「時」を頂き、成時に知略や剣術を叩き込んでくれたのは全慶時政だったからだ。そのため、一色時家という人物、波多野全慶時政という人物をおろそかにすることはできなかったのである。

成時がまだ六、七歳の頃であった。勤めに行く父成富に付き従い、よく一色城へ行っていた。成時は全慶と会うのを毎日のように楽しみにしていた。

「今日も来たか、小僧」

「もちろんだ。時政殿のお話は面白い」

時政は成時が来るたびに頬のこわばりを緩め、頭をポンと叩いたのだった。共に過ごす時間を楽しんでいた。

「息子を頼む」

成富は外回りの役が多かったため、一色城にいることが少なかった。そのため、ほとんど城内にいる時政の手が空いたときに息子の指導を頼むのであった。

もともと育成にも力を注いでいたし、成時と時政は馬が合うようであった。


成時と時政は向かい合わせに座っている。

「さて、今日は何がいいかな」

「今日は外が気持ちいい。外で遊びたいぞ」

「そうかそうか、しかしな、今日はその前に一つ。それが解けたら、思い切り外で遊ぶぞ」

「なんじゃ？　なんじゃ？」

傍から見たらこの二人は親子に見えただろう。それくらい仲が良かった。

「ある男二人が罪を犯してつかまった。軽い罪は暴かれ、一年間拘束されることとなった。しかし、二人はまだもっともっと重い罪を隠している。そこで、捕まえた者がその重い罪を暴こうと、ある取り引きを持ちかけたのだ。『もし相手の罪を証言したら、相手は四年拘束するが、言った本人は無罪にする。ただし、二人とも証言した場合はそろって三年の刑にする』と。田蔵がその罪を犯した男だったら、どうするのが最善の策じゃ？」

「田蔵は罪を犯さぬ」

「例えばの話じゃ。考えてみよ」

田蔵は腕を組み眉間にしわを寄せていた。成富そっくりだった。

「うーん。もともと二年間捕まって、相手の罪を言ったら自分は放免されるのだろ？　だったら、言ってしまうぞ」

「はっはっは。田蔵よ、問題をしっかりと聞くがよい。相手にも言う権利がある。もし相手におぬしの罪を言われたらどうなるのじゃ？」

「うーん。そうであるなあ。相手にも言われてしまったら三年間も捕まったままになってしまう。でも、言わないままであると四年間も捕まったままかもしれない。やっぱり、言ってしまって三年間捕まることが最善の策じゃな。そうすれば放免されるかもしれぬ」

田蔵は満面の笑みを浮かべている。

「そうかのう？　翻弄されておるのう。もっといい策は思い浮かばぬか？」

今度は時政に笑みがこぼれた。

「うーーん」

「分からぬか？」

「……もう、降参じゃ」

「はっはっは。実はな、これは二人とも黙っておったほうがいいのじゃ。そうすれば二年間捕まっているだけですむのじゃ。言ってしまって放免されることを望むのは危険が大きすぎる。相手も同じことを思って言ってしまうからじゃ。人間というものは相手を疑りやすい。相手はこうするだろうという勝手な思い込みで、自ら動いてしまうと罠にはまってしまうのじゃよ」

「うーーん。難しい。捕まえた者が、うまく重い罪を吐かせるために仕組んだ罠だというわけか？　難しすぎて分からんぞ」

「よく気がついたのう。罪を犯した者は、二人とも冷静になれなかったら最善の策を取れないというわけじゃ。お互い不利な証言をして、お互い不利な状況を作り上げておるのじゃ」

「時政殿、今日も為になった。もう頭使うのは嫌だ、外で遊ぼう」

成時には、知らぬ間に時政によって知略の技術が教え込まれていたのだった。

悲しみと憤りに押し潰されながら一色城に着いた。時家がいるはずの部屋にはもちろん時家はいない。代わりに烏帽子をかぶった全慶が座っていた。

「時政殿、一体どういうことでござる」

「成時か。さぞ驚いたことであろう」

全慶はやけに落ち着いていた。

「成時には、わしが教えた知略がある。それを存分に活かして今までどおり一色城へ勤めていただきたい。あとな、時政という名は捨てた。わしは全慶じゃ」

「説明になっておりませぬ」

成時は冷静沈着な全慶を少し興奮気味で見下ろしていた。全慶は完全に時家と縁を切っていた。

「まあ、座れ」

成時は拳を握り締めながら沈黙の末、座った。

「時家様は亡くなられた」

「それは存じております。なぜ討ったのでございます?」

「聞いておったか。わしはこの地の拡大を目指しておる。時家様にもそのことを告げた。しかし、時家様は現状維持を主張された。わしの必死の説得にもかかわらず、頑《かたく》なに考えを改めなかった。だから斬ったのじゃ」

全慶は庭一面に散った桜を眺めていた。戸田氏との関係は一切口にしなかった。

成時は大きくため息をつき全慶を鋭く見つめていた。

「分かりませぬ。……なぜ、そのようなことを」

庭の桜はほとんど散っていた。全慶は成時に目を戻した。ゆっくりとした口調で淡々と語り始めた。

「時家様は、もともとこの地の者ではないということを成時は知っておるな」

「父から聞いております」

「そうか。ならば話は早い。時家様は吉良氏を頼りにこの三河の地へ落ち延びてきた。そのとき時家を匿った罪として、三河国の守護一色義貫様が謀殺されたのじゃ。そして、細川成之様が三河の新守護となるものの、守護代が戦に敗れて自害したため、出仕を止めておられる。今、世の中は激動のさなかじゃ。各地で戦が生じておる。守護といえども、いつどこで謀殺されるか分からぬ世の中なのじゃ。このまま平和でいられるはずがない。成時、そうは思わぬか？」

成時は下唇をかんでいた。全慶の言っていることは正しい。

「確かに各地で戦が生じております。しかし……しかし、何ゆえに」

そのときの成時には、全慶の考えていることが分からなかった。なぜ時家を討たなければならないのか理解できなかった。

「まだ分からぬか！　この地もいずれ他国より侵略してくる者が現れる。それに対抗するためにこの地を強くしなければならぬ。この乱れ始めた世の中だからこそ、領地を拡大させることができ、有力な武士を領内へ入れることができるのじゃ。時家様は、平和、平和と言うだけで、危機を感じておられなかったのじゃ！」

全慶は先ほどの冷静さを失っていた。仮面だったのだ。顔を真っ赤にし、目に見えぬ敵を恐れていた。

成時は全慶の急変ぶりに驚いた。驚いたものの、成時の知略は全慶のそれを超えていた。

「全慶殿、この成時が幼かった頃にお話をしてくださったこと、覚えていますでしょうか」

成時は昔を思い浮かべるようにゆっくりと言った。

真っ赤になった全慶の顔が徐々に冷めていった。成時は話を進めた。

「男二人が罪を犯して捕まったという話」

「その話なら覚えておる」

「何が最善の策であったのか覚えているでしょうか？」

「………」

成時と全慶の立場が逆転している。一色城に絶望とともにやってきて、全慶になだめられていた成時が、今はその逆である。

「最善の策と思って取った行動が、逆に負い目になってしまう。今、全慶殿がしていることは、お互いの大きな罪を暴露して両方が不利益になることをしておられる。時代に翻弄されておりますぞ」

「はっはっは」

全慶は腹を抱えて笑っていた。不気味である。

「成時。さすがわしが知略を教え込んだだけのことはある。気に入った。今までどおり仕えてもらおう」

成時は全慶にかわされた気がした。全慶は異常に見える。

「全慶殿、それはできませぬ」

「なぜじゃ？　まあよかろう。きっと、成時もそのうちわしにすがりに来ることだろう」

全慶はまた笑った。もう時家亡き一色城へは来るまいと、成時は黙ってその場から離れていった。

七

成時は牧野城へ戻った。そして、直ちに家臣らを集めた。牧野忠高・成種父子、稲垣重安、真木一鉄の子一登、大林勘左衛門、陶山善四郎、山本帯刀など、今では牧野のもとで働くたくさんの家臣がいる。先代からの家老の子もいた。

成時はことのあらましを語ると、最後に言った。

「今日より、牧野は一色城での役を放棄することにした」

その場がどよめいた。

「つまり、時政殿と縁を切るということでしょうか？」

「そうじゃ。今の時政殿は異常である。何かに流されておる。しばらくは時政殿との行き来を絶つ。時政殿は名を捨て、全慶という名に戻っている」

しばらく沈黙が続いた。

「我らはどうしたらよいのでしょう」

沈黙を切り裂いたが、為す術がなかった。

「今までどおりにしていてくれればよい。現状維持を心がけよ。それが今一番大切なことじゃ」

成時は全慶の不気味な笑いが気になっていた。何かに翻弄されてしまったように地に足がついていないのが分かったからだ。


「よく、一色を葬った」

「この世の流れにございます」

戸田宗光と対面しているのは全慶である。

戸田は田原へと進出していた。一色義直の従兄の一色政照を田原大草へ入れ、その養子となることで渥美支配の正当化を図った。

「これよりこの地をまとめよう」

「それでは私の力をお使いください」

全慶は本来の姿で挑んでいた。しかし、

「まあ、まずは全慶、この近辺をまとめてから再度話をしよう。そなたの行動で、秩序が乱れておる」

思った答えが返ってこなかった。全慶は手ごたえのないものを触るような感覚であった。心の底から戸田が全慶を信頼しているようには見えなかった。

戸田もこのような状況下で、変な関わりをもって勘繰られたくないと思っていた。

仇討ち

一

一色城へ出向かなくなってから数年が経った。

成時は忠高の父、成興にゆかりのある神社仏閣にも信仰があった。戦乱の中にあったため、寺も焼け落ちるところが多かった。その目の前で焼けていく姿に嫌気がさし、安全な場所に移動するのだった。

その中の一つに財賀寺《ざいかじ》がある。基本的に争いごとが好きではない成時にとって、全慶と距離を置いて平静を保っているようであった。

成時にも子ができた。幼馴染の雫《しずく》との子である。雫とは一色城へ仕えるころから深い関係になっていた。笑顔の絶えない生活をしていた。その中でできた子が後の能成《よししげ》である。その子もまたすくすくと育っていった。成時は能成が争いに巻き込まれることを望んでおらず、そのような状況に置かれることを避けるようにしていた。能成もまた、その想いを感じ取り、自ら表に出てくることはなかった。

生まれる者もいれば亡くなる者もいた。

明応に入って間もない頃、一色城主波多野全慶の荒《すさ》んだ様子が見られた。全慶の領する田畑は荒れ果て、干ばつが発生した。気象だけの影響ではなかった。全慶の命によって戦に駆り出される百姓も多く、戦に出た者は帰ってこないことが多かった。百姓の妻や子がなんとか田畑、田園を守ったが、限界があり荒廃が進んでいた。

全慶の無謀な勢力拡大を目指そうとする心が、この土地を不毛の地に陥れたのだった。今の全慶を止められる者は誰もいなかった。

成時は腕を組み、悩んでいた。悩むときはいつも牧野城内の庭をぶらつくのが癖であった。

二人の子を持つ忠高とそろってぶらついている。忠高の顔には老いが見え始めていた。

「忠高殿、一体わしは全慶殿に何ができるのであろうか？　全慶殿の行動は無謀すぎる。長年放っておいたが、見るに堪えない状況になってきている」

「成時殿もそう思われますか。それがしもそう思っておったところです」

「わしはこのまま平穏にしておって大丈夫だろうか？　全慶殿に厳しいことを言ってしまったが、全慶殿の考えも分からんでもない。今、この地は動きつつあると感じておる。わしはどうしたらよいのだろうか」

成時は庭に植えてある大木の幹をさすりながら考えていた。時家、成富、全慶のことが頭の中に浮かんでいた。

「成時殿、わしの義弟、岩瀬氏成殿に相談してまいりましょう。何かいいお考えがあるかもしれませぬ」

成時は木から手を離し、忠高に頭を下げた。

「よろしく頼む」

心の底からの悲鳴のようで切実であった。忠高ができる唯一の方法であった。


忠高と氏成は川岸を歩いていた。氏成は大塚城主になっていた。蜻蛉が目の前を忙しく行き来していた。

「氏成殿、お久しぶりですな」

「忠高殿、お元気でありましたか」

「見てのとおり、少し老いたわ。ははは」

「姉者は元気でございますか?」

「きよは元気ぞ。今は子の世話から放れて、わしとのんびりしておる。男と女で二人いるのだが、昔は手に負えぬほどのやんちゃものだった。氏成殿のお子は元気であるか?」

「一昨年生まれた娘は健やかに育っております」

「そうかそうか。人間とは不思議なものじゃな。人から人が生まれるけれど、中身が全く違う場合がある。不思議なものじゃ」

忠高は、自分と息子との性格が異なっていることを不思議がっていた。

「本当に不思議でございますな。外見は似ているのに、考えていること行動することが全く異なってくる。忠高殿の言うとおりにございます」

二人は川岸に寝そべった。ススキが風になびいている。

「ここはな、わしが小さい頃溺れた川じゃ」

「そうでありましたか」

「そしてな、救ってくれたのが氏成殿のお父上、忠家殿だった」

「父上がさようなことを……」

「今でも忘れられぬ。感謝してもしきれないくらいだ」

忠高は幼き日を思い出していた。母上と川で遊んだ思い出がこみ上げてきた。

「岩瀬殿、一体この地はどうなってしまうのだろうか？」

「……さあ、この氏成にも分かりませぬ。ただ、分かっているのは世の中が乱れ始めているということでしょう」

「成時殿がお悩みになっておられる。どうか助言を頂きたい。牧野家はこれからどのような道に進むのがよいか分からぬ。このまま平穏に続くわけはないと成時殿も気がついておられる。しかし、全慶殿のように主を討ち、無謀な領地拡大を目指して百姓たちを苦しめたくないという心は分かる。全慶殿の無謀さは飢饉が物語っておる」

忠高は腰を上げ、氏成の目を見た。

「はい。全慶殿の無謀な拡大はこの大塚城まで響き渡っております。いずれ討たなければならぬと感じておりました」

「やはり、そうであるか。全慶殿を討つのであるか……」

再び忠高は寝そべった。岩瀬氏成の居城大塚城は、今川領の最西端に位置していた。その頃、鵜殿《うどの》氏と肩を並べ守備をしていた。

「牧野殿、案ずることなかれ。今川氏親様に相談して差し上げましょう」

「氏成殿、ありがたきことにございます」


そして、牧野家は今川氏親に従うことになった。

「忠高殿、これでよいのだな」

成時はまだ少し不安であった。今川氏親に帰属するということは、戦に駆り出されうるということを意味しているからだ。そのときの成時は、できれば戦を避けたかった。

「成時殿、深く考えないほうがよろしいかと。きっと、この道が一番よい道であるとわたくしも考えております」

成時はその後、何度か氏親へ文を送った。今この地で何が起きているのかを正確に記した。

牧野の領する地は豊作とまではいかないけれど、ある程度の量は穫れた。しかし、全慶の領する地は相変わらず不作であった。

これらのことを氏親へ伝えた。そして、ある書が返ってきた。

「牧野成時は波多野全慶を討つべし」

成時は戸惑ってしまった。これでは全慶の二の舞になってしまうと思った。しかし、続きにはこう書かれていた。

「牧野成時は平穏を願っておられる。そのことは書を通して伝わってきておる。現に中条郷牧野村は豊作と聞いている。これは平穏だからこそできること。しかし、波多野全慶の地はどうであるか。不作である。これは全慶にはその地を領する資格がないことを意味している。成時が全慶を討ち一色城を支配すれば、きっとその領地も豊作になってゆくであろう。全慶を討てと命じたのは、無謀な戦を仕掛け被害を受ける百姓を救うためでもある。今川家からも成時の要請があれば全慶を討つための手を差し伸べる」

成時はすべてを読み終わると、目をつぶった。なすべきことがここには書かれていた。このとき初めて今川方に属してよかったと感じたのだった。成時が全慶を討つ決意をしたのはその日からだった。

以前から全慶にも文を送っていた。このまま戦を続けると百姓が途絶えてしまうことを告げた。しかし、全慶は一切聞こうとしなかった。

成時はその日からたびたび牧野城から出ることが多くなった。家臣らはふらふらといなくなる成時のことを心配していた。

二

明応二年（一四九四年）、牧野成時は稲垣重安と真木一登のそれぞれの息子で若き精鋭、稲垣重賢と真木善兵衛を呼び寄せ、あるところに連れていった。時は流れても大切なものは受け継がれ、新たな形となって現れる。

「この地に新たな城を築城する。稲垣、真木、手を貸してはくれぬか」

成時は唐突に言った。

「成時様、急にどうされたのですか」

稲垣は牧野城に成時が近頃不在で、さらに急にこのようなことを言い出すのが不思議でならなかった。

「ここに城を建てると申したのだ。その城の目的は、全慶殿を討つため。そのための城である」

稲垣と真木は、一色時家が討たれた日から成時の様子がおかしかったことにうすうす気がついていたが、このようなことを考えているとまでは悟ることはできなかった。

人は自分と違う考えを持つ人物を見て、昨日までと異なると、様子がおかしいと感じてしまうらしい。

「まことでございますか」

稲垣は、成時の心をもう一度確かめてみたかった。

「まことである」

はっきりと言い放つ成時の声には力強さがあった。そのため、稲垣と真木にも成時に決意があるということが分かった。

成時は再び二人に尋ねた。

「手を貸してはくれぬか」

二人は顔を見合わせた。お互い牧野家家臣であるからには手を貸さないわけにはいかない。成時のこの決意に二人は次第に引き込まれていった。

「築城に関してはあまり存じませぬが、お力になるのであれば喜んで」

二人は成時を補佐する形で築城を手伝うのであった。

「ここは一色城に近いところではありませぬか」

真木は辺りを見渡し、ここがどこであるのか確かめた。

「成時様、この川を利用すれば牧野城からすぐに来られますな」

稲垣は上流部の牧野城と、勢いがゆるやかな川を眺めて言った。

「もちろん。このように全慶殿を討つための絶好の地を今まで探しておったのだ。ようやく見つけた」

成時は満足していた。稲垣、真木は、なぜ成時が牧野城不在であったのか、やっと疑問が解けた。

城は成時の指示のもと築城されていく。

「周囲を高い土塁とせよ。そして、広く深い堀を作るのだ。全慶殿の兵が寄せても簡単に城を陥落されぬようにするのだ」

このような築城構想を聞くと、いずれ役に立つことがあるだろうと、真木はどんどんとその知識を高めていった。


こうして瀬木《せぎ》城が築城されると、成時は幼い長男能成を牧野城主とし、四歳になった能成の弟（成勝《しげかつ》）と共に瀬木城へ移った。ここで本格的な全慶討ちの計画が練られるのであった。長男能成を牧野城へ残したのは、成時の今の行動には危険を伴うため、何かあった際に牧野一族を滅ぼさないという想いを込めてだった。

三

成時が全慶を討ち取ったのは、その年であった。

今や成時の勢力は、宝飯郡はもちろんのこと渥美郡にまで及んでいた。そのために渥美郡で勢力を伸ばしていた戸田に目をつけられ、警戒を強められているのであった。

瀬木城を築城して間もない頃、軍議が行われた。いかにして全慶を討ち取るかが話し合われた。

その結果、波多野全慶時政が一色時家を討った灰塚野で討つことが決まった。

成時は、時が止まった場所で再び全慶の心が動きだすことを心の片隅で期待していた。

「全慶殿、わしはそなたを討たねばならぬ。この地を平穏にするためには、全慶殿には退いてもらう必要があるのだ」

成時は瀬木城から夕日が沈むのを眺めていた。左目から涙がこぼれていた。

「成時様、御膳の用意ができております」

従者が声をかけてもすぐには振り返れなかった。

「いかがなされましたか?」

「いや、なんでもない」

袖でぬぐって、米を口に運んだ。いつもより硬く感じた。こうして飯を食べることができるのは農民がしっかりと働いてくれているからだと思うと、目頭がさらに熱くなった。全員が飯を食うことができる世にしたいと成時は改めて思った。

成時は明日のために刀を用意した。父成富が生前使用していた刀だ。その刀は真木善兵衛の祖父一鉄の献上品であった。

翌日、稲垣重賢、真木善兵衛、大林勘左衛門、陶山善四郎らが招集された。

「我らは今宵、波多野全慶を討つ。稲垣は情報を収集し全慶の動きを見逃すな。陶山は弓衆として動いてくれ。真木、大林は我と共に全慶の首を狙うように。よろしく頼む」

「はっ」

「稲垣、そなたにはもう一つ重要な仕事を頼みたい。耳を貸してくれぬか?」

「はっ」

成時はもはや全慶を完全に敵視していた。これも百姓などを救うためだと割り切っていた。

灰塚野で陣を敷いた。成時の小軍の左右に、真木、大林の小軍がついている。さらに、陶山の弓部隊がその左右に分かれて配置されていた。

全慶の軍が現れた。予想どおり大勢の百姓が駆り出されていた。

「成時、久しぶりじゃな」

全慶の目に昔のような輝きは失われていた。成時の目には、今の全慶は悪魔に取り憑《つ》かれているかに見えた。

「全慶。そなたは間違っておられる。なぜ、武力をもって領地を拡大しようとなさるのだ。領地を拡大したからといって、そなたの地は潤っていないではないか。そなたは自らを滅ぼしていることに気づかぬか！」

「はっはっは」

成時は全慶の笑い声に身震いした。いつものことながら全慶は成時の言葉をすかした。やはり悪魔にしか見えなかった。

「全慶に仕える被官百姓に聞く。そなたたちは本当に満足しておるのか？　無意味な戦に駆り出され、無意味に斬られてゆく。残された者たちのことを考えたことはあるのか。今ならまだ間に合う。すぐに村へ帰るのだ」

成時は声を荒らげて思いをぶつけた。

父成富のことを思い出していた。成富の死を目にした成時であった。戦で亡くなったわけではないが、残された者には深い傷あとを残す。葬儀のときの成興の後ろ姿もまざまざと思い出していた。

百姓に動きは見られなかった。やはり、全慶の知略にはまっていたのだろう。

「はっはっは」

再び不気味な笑い声が空を刺した。

「無理じゃ無理じゃ。ここに来ておる者はわしの命しか聞かぬぞ。成時もあの時、わしに仕えておればここの軍すべてを授けたのじゃがな」

成時は全慶の態度に悲しみを覚えた。昔のよき時政はそこにはいなかった。

「仕方あるまい。全慶、おぬしを討つ」

成時は一気に駆け出した。

「敵は全慶ただ一人、真木、大林、陶山、被官百姓への手出しは最小限にせよ。全慶のみの首をとれ」

真木、大林も一気に駆け出した。

灰塚野は一気に戦場と化した。

成時はこのような戦は初めてだった。ずっと平穏を目指し、自ら戦によって領地を増やすということはしなかった。時政から教わった知略により、なるべく争いを起こさず領地を広めていったのだった。

しかし、その恩師である者は今、悪魔となっている。

全慶の家臣に弓が降り注ぐ。陶山が放った弓だった。

真木、大林の軍が一気に全慶の周りを囲んだ。そして、成時が真正面から全慶に切りかかった。

全慶は戦に慣れており、さらりとかわした。

「成時、おぬしは戦を好まぬと申しておったな」

今度は全慶が切りかかった。

「今、おぬしがやっておるのは戦ではないのか?」

全慶はどんどん成時を追い詰めていく。

「結局、成時のやっていることはわしと変わらんのじゃ」

あちこちから刀と刀がぶつかる音が聞こえる。成時は全慶の力に押されていた。

「違う、わしは違う。おぬしは死ぬために戦をしておる。しかし、わしは生きるために戦をしておるのじゃ」

そのとき、成時の後ろから切りかかる者がいた。全慶は笑みをこぼした。

「はっはっは。生きるのはわしじゃ。後ろを見てみい」

成時が後ろを振り向くと、三人が切りかかろうとしていた。全慶の側近たちであった。

成時は目をつぶった。もう駄目だと思った。百姓たちを救うこともできなかった自分を責めていた。

肉を切り裂く音がした。うっすらと目を開けた。左右の二人が倒れていた。そして、中央の一人は足を震わせ、ゆっくりと倒れた。背中には矢が数本刺さっていた。

成時は目を大きく開けた。その目には真木善兵衛、大林勘左衛門、陶山善四郎の姿が映っていた。

成時は再び全慶を見た。そして、持っていた刀を捨て、かすかに笑った。

全慶は青ざめた。成時の笑いが時家を討ったときの自分の笑みそっくりに思えたのだったのだ。全慶は大声をあげながら成時に切りかかった。

「全慶。もうあきらめよ」

刀を捨てている成時は周りを見渡して言った。被官百姓は全員退却していたのだった。

それに気がつくと、全慶は足元から崩れていった。そして刀を手放した。

「稲垣、よくやった」

「はっ。仰せのとおり行いました」

稲垣がちょうど馬に乗って戻ってきたところだった。

「何をした」

全慶は叫んだ。震えていた。

「全慶の使った知略の、さらに上をいく知略を百姓に使ったのだ」

それ以上何も言わなかった。

全慶はうなだれた。これですべてが終わったように見えた。

真木、大林が全慶を取り押さえようと左右に回った。

その瞬間、全慶は刀を持ち、自分の腹に突き刺した。

「何をする、全慶！」

成時は心臓の鼓動が速くなるのを感じた。真木、大林、陶山、稲垣は後ずさりをしていた。

「成時、いや、成時殿。立派になられたな。わしは、わしはな。恐ろしかったのじゃ。この世の中、先にやらねばやられてしまうという恐怖心が毎日のようにわしの心を襲って、恐ろしかったのじゃ。わしは目に見えぬ恐怖に食われていたのじゃ」

「時政殿……」

成時は今の全慶には悪魔はいないと悟った。今は良き時政に戻っていることが分かった。

「成時殿、……介錯を頼む」

一瞬、灰塚野が沈黙に包まれた。成時は刀を拾い上げ、時政の後ろに回った。

「言い残すことはあるか？」

声が震えていた。

「恐怖にだけは飲み込まれるな」

成時は涙をこらえた。

「分かりました。時政殿」

刀を振り上げ、一気に首を切り落とした。家臣全員がうなだれていた。

牧野の軍は全慶の亡骸《なきがら》を荷車に乗せ、そのまま一色城へ向かった。

向かう途中、窪溜《くぼだまり》に野飼の牛が寝そべっていた。

皆は避けて通ったが、成時が近くまで寄ると牛は起き上がり、道を開けたのだった。

それを見ていた石黒九郎兵衛は、

「成時殿！　吉兆でございます」

と、笑みをこぼしながら告げた。

しかし、成時は無表情であった。

成時は牛までもが悲しみを察してくれているのだと解釈した。

一色城に残っていた全慶時政の家臣はすんなりと城を明け渡し、それよりこの一色城は牧野成時が城主となるのである。


成時はまず、荒れた田畑を耕すことに力を入れた。

牧野村からも人が駆り出され、宝飯郡中条郷長山の地は徐々に改善されていった。

成時は牛が起き上がって道を開けたことを思い出し、その地を「牛窪」と改めるのであった。

一色城の近くに熊野神社があった。成時はそこに植えてある雌雄の木を眺めながら句を詠《よ》んだ。亡き時家、亡き全慶のことを思い出していた。

花盛り心も散らぬ一本哉

成時はそれ以来、心を清めるため、お寺にお参りへ行く回数が増えていった。頻度が多く、何かを悟ったかのように、仏弟子として生きていくように見えたため、住職は法名を与えた。「古白《こはく》」という。それ以来、古白という名が浸透していくのである。

古白がお寺にお参りに行くたびに、寺の奥で綺麗な字でひっそりと写経する女がいた。住職に話を聞くところによると、全慶によって夫が戦へ駆り出され、帰らぬ人となってしまったそうだ。体が弱く、ただ、書を揮毫することで心が洗われるのであった。

古白は、全慶を早く止めるべきだったと悔やんだ。

「申し訳ない」

古白はこれ以上その女に声をかけられなかった。自身の行動の遅さが多くの人の運命を変えてしまったのだと、心が締めつけられた。女は無言で書をかき続けていた。

それからのこと、古白は毎日のように寺へ行くようになった。徐々にその女は心を開き始めていた。

「古白殿のせいではございませぬ」

女に対して申し訳なく思っていた古白であったが、逆に救われた気がした。失った心を改めて取り戻したようであり、涙が止まらなかった。

古白はいてもたってもいられず、その女を側室とするのであった。正室の雫とは心柄が異なるが、古白にとって大切な人が一人増えたのだ。

四

成時は、波多野全慶を討ち取ったことを今川氏親へ伝えに駿府へ出向いた。

「氏親様、波多野全慶を討ち取りました」

古白は平伏した。氏親の顔を容易に見ることができなかった。

「面《おもて》を上げよ。ようやった。風の噂で、そなたが参る前に伝えられておったわ」

「噂より遅くなり申し訳ありませぬ」

ゆっくりと顔を上げるものの、途中で再び平伏した。

「よいのじゃ、よいのじゃ。面を上げよ」

今度はさっと顔を上げた。古白の目には優美な氏親の姿が映っている。

「十代将軍足利義稙《よしたね》様から三河諸士の旗本に命じられておる、将軍家の番衆の一人である野瀬丹波守信景《のせたんばのかみのぶかげ》という者がおる。義稙様が牧野の家臣として扱うようお添《つ》けくださった。野瀬、入るがよい」

野瀬という者がそろりと入ってきた。まだ若い。

「野瀬よ。今日から牧野に仕えるのじゃ」

「はっ」

将軍家の番衆というだけあって、身だしなみが整っていた。

「牧野、これからは野瀬を従えて正しき軍功をあげるがよい」

氏親は「正しき」というところを強調して言った。古白の正義を重んじる心を知っていたような命であった。

「はっ。ありがたきことにございます」

氏親は新興の牧野の勢力を完全に服従させておきたかった。野瀬のような、今川の息がかかった人物を近くに置くことで、今川に従属させたかったのだ。

「それとな、牧野、野瀬。三河国馬見塚付近に、城を一つ築いてもらいたい」

「はっ。さっそく取りかかります」

古白はその意図を詳しくは知らなかったが、今川の命により受け入れた。

「よろしく頼むぞ」

今川が城を築きたかった理由は、目と鼻の先に二連木《にれんぎ》城を築城し、領土を脅かす存在となった戸田氏に対抗するためと、三河進出の拠点がほしかったからである。

古白が瀬木城を築城していた頃、戸田宗光は田原城にいた。

全慶が亡くなって以降、情報を得ることが難しくなっていた。

「なに！　牧野が城を築いているじゃと。一体どこにじゃ」

「はっ。瀬木付近であります。しかも、後ろ盾としているのは今川氏親と聞いております」

「くそう、牧野のやつめ。抜け駆けしおって」

宗光は手に持った扇を二つに折った。大きな音をたてて木片が飛び散った。

戸田は西三河の松平と親しい仲にある。細川成之が三河の守護であった頃、戸田と松平は友好関係にあった。そのため、根拠はないが今川方へ強い嫌悪感を抱いていた。全慶を操り、なんとしても戸田一族のために形勢を逆転させたかった。

「今川め、あれほど強大になっていなければ踏み潰してやったのに。憲光《のりみつ》！」

声の奥に怒りが感じられる。

「父上、なんでございましょう」

「お主にこの田原城を譲り渡す。これより二連木に城を建てる。わしは隠居したと見せかけよ」

「二連木といいますと……あの、かなり牧野の地に近いのではございませぬか」

「そうよ。牧野にこれ以上勢力をつけられては困るからな。わしが剃髪すれば、牧野も今川もわしの動きには関心を持たぬからの。そこが狙いどころじゃ。その隙に城を建ててしまうのじゃ」


宗光は息子の憲光に家督を譲り、一度隠居となり名を全久《ぜんきゅう》とした。

宗光の言うとおりに、周りの土豪らは警戒を緩めたようだった。

「今じゃな。築城開始じゃ」

宗光は一気に二連木城を築き、そこに入城するのであった。

築城したことに気がついた今川は、なんとしても戸田の勢力を防ぎたかった。

そのために、力をつけつつある牧野に、二連木城を抑え込むための城を建てさせたかったのだ。


成時は野瀬を引き連れ、今川への全慶討ちの報告からの帰途に就いた。

その途中、若宮殿（牛久保八幡社）で参詣をした。社前には大きな柏の木があり、その葉も一段と大きかった。

「牧野殿、この柏の葉は大きくてすばらしくございませんか。顔を覆い隠してしまうほど迫力ある葉でございましょう」

「む。野瀬殿、よく気がつかれたな。確かにこの葉はすばらしい。今まで気がつくことがなかった。なかったというより気がつこうとしなかったのかもしれぬ。皆の者もきっと気がついておらぬだろうな。連れてきたいものだ」

参拝を終え、成時らは一色城へ戻って行った。

到着と同時に家臣を一色城へ呼び集めた。有力な牧野の家臣が集まるのはこれが初めてだった。

息子の牧野能成、牧野成勝、親類の牧野忠高、牧野成種、灰塚野の戦で活躍した稲垣重賢と父重安、真木善兵衛と父一登、大林勘左衛門貞次、陶山善四郎と息子善継、賀茂神社の神官を務めている亡山本幸綱の子・山本帯刀、大塚城主岩瀬氏成と幼い息子、そして、今加わった野瀬丹波守信景である。他にも家臣として引けを取らない、石黒、安藤、榊原、宮崎、秋山、疋田、贄《にえ》、戸狩などがいた。

「皆の者。今川氏親殿の謁見から今戻った。ここにおられるのは将軍家の番衆の一人、野瀬丹波守信景殿である。まだお若いが、今日より我が牧野家の家臣となっていただく」

家臣からは「凄い方」が来たというどよめきが起きた。

野瀬は律儀にお辞儀をした。まだ若いせいであるのか、顔がこわばっている。

「まだ何も分からぬだろうから、皆いろいろとこの地のことを教えて差し上げよ。野瀬殿も分からぬことがあれば、遠慮なく聞くがよい」

「ありがたきことにございます」

お辞儀の仕方が端正であった。

「わしは今日より成時という名を捨て、古白という名を使う。心持ちを新たにしたい。皆も今日よりわしのことは古白と呼ぶように」

古白はより仏の心に近づいていた。

「今川殿の申し付けにより、馬見塚付近に城を築くこととなった。城を築くにあたり、その地に住む者を他へ移動させてもらいたい」

古白は見回し、この職に適した者を探した。

「確か、その地に根ざす侍は渡辺平内次であったかな。渡辺を説き伏せさえすれば、周囲の者は自然に退去するでしょう」

山本帯刀が言った。帯刀は以前、馬見塚から見えると言われていた白馬を眺めに行ったことがあり、そのことを思い出しながら言った。

「帯刀、それではそなたにこの任を命じたいが、よいか」

「はっ。すぐ退去させましょう」

古白のこの任命は適切であった。帯刀は神官を務めているため、馬見塚に根ざす寺も移動させることは容易だったのだ。

「それでは頼んだぞ。もう一つ皆に相談がある。城の普請役を決めようと思う。今回の城は今川殿へ属する城となる。手抜きは断じて許されない。数人の指揮が必要なのじゃが、誰がよかろうか？」

再び家臣全員を見回した。

「古白殿、わしにやらせてはもらえまいか？　残り少ない命じゃ。最後に大きな仕事をしておきたい」

牧野忠高だった。

「忠高殿か。よかろう。よろしく頼む。他におらぬか？」

「それがしも共に手伝わせていただきます」

大塚城主岩瀬氏成が前に進み出た。

「忠高殿が進み出て、それがしが行かぬのは恥ずかしい。是非、忠高殿と共に築城をしとうございます。それがしの父は大塚城を築城しており、周囲に優秀な大工もおります。それらを引き連れてまいりましょう」

「氏成殿と築城できるのだな。心強いのう」

忠高は顔にしわをつくりながらにこやかに笑った。

「他にはおらぬか？」

古白も満足げだった。

「この善兵衛にもやらせてはいただけぬでしょうか？」

真木であった。真木は妻《めと》を娶り六歳になる嫡男伝右衛門が生まれていた。伝右衛門の「伝」は牧野家の幼名「田」の音を頂いたのであった。

「祖父の代からずっと鍛冶を従えておりますが、以前瀬木城の築城を手伝った際、築城に興味を持ちました。その知恵を活用したいのです」

「よい心意気じゃ。善兵衛、頼むぞ」

真木の熱心な姿に忠誠を感じた。

「もう、おらぬかな。ではこの三名に築城してもらおう」

「あの……手伝わせていただけないでしょうか？」

一瞬静まり返った。透き通るような声がその場の空気を変えた。声の主は野瀬であった。

「なんと！　野瀬殿か、……皆の者、よいか」

家臣一同、目を丸くしたまま黙って頷いた。唾を飲む音があちこちで聞こえた。

「よかろう、よろしく頼む。分からぬことがあれば何でも聞くがよい」

古白は、先ほど家臣になったばかりの野瀬の申し出にいたく感激していた。野瀬のこわばった顔からようやく笑みがこぼれた。家臣の頬もほぐれていた。

「では、この四名に築城をしてもらう。他の者も力を貸すこと」

古白は立ち上がった。家臣らの表情にも新鮮な輝きがあった。

「さて、今宵は野瀬殿の歓迎の祝いと、さらに築城に向け英気を養うため、若宮殿にて祝い酒をいたす。準備ができしだい一族郎党を引き連れて集まるがよい。領民にも声をかけてくるがよいぞ。皆に酒を振る舞おうではないか」

古白のこの計らいに、家臣らは喜びに満ちあふれた。古白と野瀬の顔にも笑みが浮かんでいた。

五

老若男女、富める者、貧しい者、身分にかかわらず、家臣に引き連れられた多くの領民たちが若宮殿へ集まってきた。

古白は柏の葉を指し、遠くの者にまで聞こえるように言った。

「この柏の葉は我らが気づかぬうちにこのように大きな葉に成長している。我らもそのようになろうではないか。大きな葉になるためには大きな木が必要である。大きな木となるためには根もとが丈夫でなければならぬ。根もとが丈夫ということは、根の張る大地がしっかりとしておらねばならぬ。つまり、この地の者すべてが、この葉一枚に大きな影響を与えるということを忘れてはならぬ」

四方八方から歓声が沸き起こった。ここに集まる者は牧野を慕う者、そして牧野によって助けられた人々ばかりである。そのため、歓声はより大きなうねりとなって空を覆った。

古白は言い終えると、柏の葉で御神酒を献じたのち、家臣と共に祝い、宴が始まった。

酔いもまわり、山本帯刀と話をしていた。

「殿。あの柏は実に見事にございますな。時折若宮殿へ来るものの、今まで気にもとめませんでした。この柏を忘れないよう心へ刻みつけておきたいものです」

「そうじゃな。だが、その必要はない。これを機に、牧野家の家紋を改めて定めようと思う。旗印にも用いるぞ。この柏の葉がよかろう。一枚では味気ない。三枚の柏としよう」

「なんとっ。この山本の言葉をそこまで重く用いてくださるとは恐れ多きこと」

帯刀は大いに畏まって言った。

「案ずるな。この葉を見たときより決めておった」

古白は、これより家紋を三ツ柏に定めたのである。

この日一夜で一年分に相当する肴が振る舞われた。

古白は境内の若葉が夕陽に照り映えているのを見て句を詠んだ。

きのうけふ（今日）若葉なりしか杉の森

夜明け近くまで飲み明かし、領民たちも思う存分に飲んだ。

酔い潰れ、互いに肩を組み合って帰る途中、ごろごろと道に寝ころんでしまう者もいた。

まるでうじむしのようにうごめいている。なんとか起きている者が寝ている者を起こし、陽気に唄いながら帰って行った。

領民にここまで酒を振る舞ってくれる殿様は他におらず、やがて領民の間では殿様の恩を忘れまいと、古白の句をもとに「若葉祭」として、うじむし（うなごうじ）のように転がりまわるまで飲ませてくれた殿様への感謝「うなごうじ祭」が行われるようになるのであった。四月七日である。

古白は、皆の笑顔とともに過去を乗り越え、未来を作ろうと決心した。

築城と城包囲網

一

祝い宴の翌日から、築城のための計画が練られていった。馬見塚付近に住む領民は別の地へ移動させ、城の位置を確実にした。入道渕という所になった。土地の開削が行われ、十年かけてこの城は築き上げられることになるのである。

築城が始まり二、三年が経った明応七年（一四九八年）の夏が終わる頃のこと。三河国、遠江国《とおとうみのくに》を大地震が襲った。この地震は多くの命をさらって行った。そのため、信仰を深め、さまざまな人が改めて神社へお参りをするようになった。

また、地震による影響で、今までの川の流れが急に変わった。牧野城、瀬木城の水源が絶たれ、瀬木城にいた牧野成勝、牧野忠高、牧野成種は一色城へ移り住むこととなった。成勝、成種は一色城で古白の指導を直接仰ぐことになるのであった。

そして、地震によって築城中の城が崩れ、一から組み直さなければならなくなった。古白は、今川の命である城を一刻も早く築城させることに力を注ぐため、成勝に一色城を与え、自ら出向いていた。

一色城周辺は栄えていた。牧野及び家臣の手立てにより、たくさんの職人らが住み着くようになった。牧野一族の子もたくさん生まれ、家臣にも多くの子ができた。

その中で一人、子に恵まれぬ家臣がいた。大林勘左衛門貞次である。大林は全慶討ちの頃から輝かしい活躍を見せていた。

「大林よ。そなたには子がおらぬな？」

「はっ」

古白は大林を城内へ呼んだ。大林は牧野に忠実であるため、見捨ててはおけなかった。

「家督はどうするつもりじゃ？」

「この貞次も悩んでいるところであります」

「さようであるか。……つい先日、山本帯刀殿に孫が生まれたと聞いておる。第三子であると聞く。養子をもらうのはどうじゃ」

「はっ。ありがたきお話、考えておきまする」

「もし、決意したら、直接山本殿に相談に行くがよい。きっと山本殿ならそなたのことを考えてくれるに違いない」

「はっ」

大林勘左衛門貞次は子がいてもおかしくはない年齢であった。妻の菊に子が宿らなかったのである。

勘左衛門貞次は妻、菊と話をしていた。

「菊。牧野様から養子縁組の勧めを頂いた。山本殿の孫とのことじゃ」

「そうでございますか。やはり、養子をもらったほうがよろしいのでしょうか」

「菊には大変すまなく思っておる」

「貞次様、謝らないでください。わたくしに子が宿らなかっただけのことでございます。わたくしが悪いのでございます」

「いや、菊は悪くない」

勘左衛門は菊をぎゅっと抱きしめた。菊は勘左衛門の袖に顔を埋め、涙を隠していた。

勘左衛門はそんな菊を見ると、養子をもらう気が失せてゆくのだった。

以前にも、勘左衛門は養子のことを考えたことはあった。しかし、菊のことを思うと、どうしても養子を取る気にはなれなかった。

「明日、山本殿に相談に行ってくる。菊、申し訳ない」

菊はしばらくの間、勘左衛門の腕の中にいた。勘左衛門に子がなければ、大林家の家督が暗闇の中に漂ってしまう。そのことを菊はもちろん分かっていた。

勘左衛門は山本帯刀の屋敷へ出向いた。

「山本殿、誕生したお孫様を養子に頂けませぬか？」

「大林殿、牧野様よりお話は伺っておる。わしの子光幸にも話は伝えてある。大林殿のような良き方に孫を預けられるのなら、わしも安心じゃ」

「そのようなお言葉、ありがたく思います」

「八名郡賀茂村を訪ねて、一度会ってみるのがよいだろう」

「明日にでもお伺いしてまいります。ありがとうございまする」

意外とあっさりしていた。養子をもらうということは重要かつ大変なことだと感じていたのに、拍子抜けであった。


翌日、大林は賀茂村へ向かった。

「この子が源助でございます」

「かわいらしい……」

源助はまだ頬の柔らかい生まれたての赤子であった。貞次の顔を見ると手を叩きながら笑っていた。山本藤七郎光幸の三男である。

「この子は三男であるため、いずれ出家させるつもりでした」

光幸は指で源助の頬をつついていた。

「さようでしたか」

指でつついている光幸の横顔を勘左衛門は眺めていた。心の中で、この子を養子とすることを決心した。

「この子が元服いたしましたら、大林殿の養子とさせましょう。それまでは時々、源助の成長を見においでください」

こうして、大林勘左衛門貞次と山本源助が出会った。養子となるのはまだ先のことであった。


古白は入道渕にいた。城の検分をしていた。

「よいできじゃ」

今でいう豊川と朝倉川の合流点が城の背後にあった。

「確か、ここは渥美郡今橋という地であったな?」

「さようでございます」

古白は重臣である稲垣重賢と共に、完成した城を見て回っていた。土盛と素掘りの堀による簡素なものであったが、今まで以上に手がかけられている城だった。

「今日よりこの城を今橋城と名付ける。今川殿にお伝えせよ」

「はっ」

古白は城内から背後に流れている川を眺めていた。このような景色を見たことはなかった。

古白は一色城に戻り、家臣を大広間に集めて今橋城の築城完成を知らせた。十年の末、ようやく完成したのだった。その期間に家臣もまた増えていった。

「今橋城が完成いたした。普請役の牧野、岩瀬、真木、野瀬、ご苦労であった」

普請役は皆、古白の前にうちそろっていた。古白は深々と頭を下げ、長年の労をねぎらった。

「皆の者、今川殿の申しつけにより、明日よりわしは今橋城主となる。それに伴い、この一色城は牧野成勝へ正式に譲り渡すこととする。今宵はわしと一色城での最後の宴となる。わしからの感謝のしるしじゃ。思う存分、飲み食いしてくれ」

家臣一同、平伏して謝意を示した。その顔は皆、達成感に満ちあふれていた。

宴が始まり、酒やら肴やらが次々と運ばれてきた。皆幸せそうな顔をしている。

初めの勢いが落ち着いた頃、古白は真木善兵衛を呼んだ。

顔を真っ赤にした善兵衛は、器を片手に古白に近づくと、古白の盃に酒を注いだ。

「善兵衛、そなたに頼みがあるのだが」

「何でございましょう?」

「この長山には、善兵衛の率いる鍛冶屋職人が大勢おるであろう」

古白は、今度は善兵衛に酒を注ぎながら言った。

「さようでございます。祖父の代から引き継いでおりまして、鍛冶場も今や十軒ほどになっております」

「そうであったか。立派じゃのう。そこで相談なのじゃが、そのうち五軒ほどをこの長山から今橋へ移してもらえぬか？　今橋城下もしっかり整えておきたいのじゃ」

「もちろんでございます。五軒でよろしいでしょうか？　分かりました。早速手はずを整えましょう」

「頼む」

古白は善兵衛の注いだ酒を一気に飲み干した。

こういう酒を飲めるのは、この地が安定しているという証拠でもあった。事実、激しい争いは数年起こっていない。古白はそのとき、久しぶりに全慶のことを思い出していた。

古白には側室に三人目の子が生まれたところであった。その中の一人を今橋へ連れて行くことにしていた。

二

その頃、二連木城の戸田宗光は、今川の三河進出をさせまいと考えをめぐらせていた。

ふと、よい考えが頭に浮かんだ。

「船形山城を攻め取るぞ」

このまま、今川と牧野の関係を強固にしてはならないと思い、行動を起こすのであった。

船形山は三河と遠江を見渡せる位置にあり、今川と牧野の進出を監視し、防ごうとしたのであった。

そして明応八年（一四九九年）、多米《ため》又三郎が立て籠もる船形山城を攻め落とすのであった。又三郎は討ち死にした。

その知らせを聞いた今川氏親は、激高し、掛川城代朝比奈泰以《やすもち》に命じ、船形山城を奪還したのであった。船形山城は西へ進むための重要拠点と認識していたため、有無を言わさず、迅速に処理をした。

そのとき、宗光は討ち死にした。二連木城は憲光が修築し、嫡男の政光を城主としたのであった。宗光の一族を守るという使命が半ばで消え、子どもたちにその想いは託されたのだった。

二連木戸田は今川の力に屈し、今川に従属することになった。しかし、田原戸田は表面では今川に従属していたが、水面下では今川とではなく松平との親交を深めていた。

今川は、盛んになり勢いづいてきた松平を、今のうちに滅ぼしておこうと考えた。そこで、今川氏親の伯父である伊勢新九郎宗瑞《そうずい》（のちの北条早雲）を大将として、駿河、遠江、三河、伊豆、相模の五カ国の兵一万を引き連れて今橋周辺へ集結した。

今橋の牧野氏、二連木の戸田氏、西郡の鵜殿氏、作手の奥平氏、野田の菅沼氏、設楽《したら》の設楽氏、石巻の西郷氏、東三河伊奈の本多氏らを動員し、松平の岩津城を攻めた。

しかし、進軍中に田原の戸田が松平に従ったという噂が立ち、そのことに気がついた牧野は宗瑞に進言し、あえなく今川は退却せざるを得なくなった。

この頃から、田原の戸田は今川をかわしつつ完全に敵対する態度を示すのであった。この牧野による進言が、のちに周囲を巻き込んだ大きなうねりを生むこととなる。

三

古白が今橋城へ移った翌年、永正《えいしょう》三年（一五〇六年）のこと、この年に牧野家の行く末を左右するほどの大きな事件が起こることになる。

「伝左衛門よ。風邪の具合はどうじゃ？」

古白の側室の長男伝左衛門（のちの成三《しげかず》）は、病気のため城内で休んでいる。七歳になったばかりの子であった。

伝左衛門には五歳と四歳の弟がいる。弟らは一色城下に残され、今橋城には来ていなかった。

「古白様、風邪がうつります。近づかないほうがよろしゅうございます」

伝左衛門の熱を下げるために布を水に浸していた継母《ままはは》が慌てて言った。古白の側室である伝左衛門の母も病弱であり、三人の子を産み、すぐに亡くなっていた。亡くなったとき古白は寺に手を合わせに行き、いつも筆を走らせていた場所に座った。最後に残した書に目を通すと湧き出る涙を抑えられず目の前がぼやけて見えた。

「わしは、伝左衛門の父じゃ。うつってもかまわぬ。本望じゃ」

看病をする継母を振り切り、横たわっている伝左衛門を立ったまま覗き込んでいた。

「父上……」

伝左衛門はかすかに目を開けながら、父古白を見つめている。やさしさを感じていた。

「強うなれよ」

古白はその場にどかりと座った。

「伝左衛門、外を見てみい。木々が色づいておるわ。きれいじゃろう」

今橋城から見る外の景色は壮大であった。

「父上、早く外で遊びとうございます」

「ならば、早く元気になるのじゃ。そして、風邪を引かぬくらい強うなるのじゃ。大切な人を守るためにな」

伝左衛門は、熱にうなされながら外を眺めていた。

「父上？　あれは何でしょう？」

遠くのほうからこちらへ向かってくる大群があった。

「なんじゃ？　あれは」

古白はすばやく立ち上がり、見渡せる場所まで歩いていった。左右まばらであるが、何かの大群が今橋城をめがけて進んできている。

「なんじゃ？……むっ！」

古白は不穏なものを感じ取った。

すると、部屋に向かって走ってくる者がいた。野瀬信景であった。

「古白様！　戸田、戸田憲光がここ今橋城に攻め入ろうとしております」

慌てていた。

伝左衛門は寝ながらもその緊迫した様子に気がついていた。古白は伝左衛門を見つめた。

「大丈夫だ。安心せい」

そう言い置き、そっと扉を閉め、伝左衛門に外を見せぬようにした。すると、野瀬と共にその場を離れた。少なくとも伝左衛門に不安を与えたくなかったのだ。

「これは大変なことになったな。野瀬！　稲垣、真木、岩瀬はおらぬか？」

今度は動揺していた。古白はすぐに軍議を開こうとしていた。

「古白様、申し訳ございません。お三方は今、一色城へ使いに行っておりまして……」

「なに。三人ともにか？」

「さようにございます。一色城から呼ばれたと聞いております。昨日より出ております」

「なぜ、このようなときに……。そうなると、頼れる者は野瀬、そなただけだな」

「はっ。力を尽くします」

「とにかく、皆に戦の準備を整えるよう、急ぎ伝えよ。誰かある、具足を用意せい！」

古白はこのような事態になるとは予想もしていなかった。不意を突かれていきなり戸田に城を囲まれるなど考えてもみなかった。

急いで具足をまとうと、城内にいる有力な者を集め軍議を開いた。そこにいたのは、野瀬信景、秋山伝助、宮橋右太郎、陶山善継の息子陶山源三郎らであった。

「戸田方からの使者は来ぬか？」

「まだ来ておりませぬ」

野瀬は焦っていた。このような事態になるのは初めてであった。

「完全に囲まれました」

「なぜ報せが来ぬのだ」

古白はいらだちを抑えられなかった。

「戸田はまだ攻撃を仕掛けるつもりはないようです」

「殿、今ならまだ逃げられるかもしれませぬ。お逃げください」

弓の名手である陶山源三郎、宮橋右太郎が続けて言った。

古白は外を眺めた。

「この人数では無駄じゃ。外へ出ることは難しい。たとえ出られたとしてもわしのような体形ではすぐに見つかってしまうわ。それに、この城を簡単に明け渡すこともできまい。野瀬、真木、岩瀬が十年かけて必死で築き上げた城じゃぞ。簡単には捨てられぬわ」

古白の声は怒りで震えていた。一同は静まり返った。古白がここまで困った表情を見せたのは初めてであった。

「古白様、どうかお逃げください」

野瀬は言った。野瀬はこの地へ来てちょうど十年、もうこの地には慣れ、古白の補佐をこなすようになっていた。

「わしは逃げぬ。ただ、一人だけ一色城の成勝の元へ逃がしてもらいたい者がいる」

「どなたでございましょう?」

「それは、わしの子、伝左衛門じゃ。あの病弱な子だけは生かしてやってもらいたい。伝左衛門には早く元気になってもらって、外で遊ばせてやりたい。まだ、十分遊んでもおらぬ。巻き込むわけにはいかん。どうか頼む」

古白は必死な想いで訴えた。古白は守ることができなかった側室のことを悔やみ、その子を必死で守ろうとしていた。側室と出会ったときの想いを、ずっと心の隅で感じていたため、何とか、この子には生きてもらいたいと願ったのだ。

「分かりました。手立てを考えましょう」

野瀬は古白の父親としての子への愛情、そして、古白を取り巻く全ての人に対して仏のような愛を与えていると感じていた。同時に野瀬は自身の父のことを思い出していた。野瀬信景は幼いとき、父と死別していたのだった。

信景の父は戦において信景を守り、討ち死にしたのだった。父を失った信景は必死に大人になろうとし、礼儀作法などすべてを学んだ。それが功を奏して、争いを避けることができた。

そして今、野瀬も息子たちを一色城へ預けていた。父を亡くしたときと近い状況にあった。ここで死んでしまったら息子はどうなるのかと、野瀬もまた不安であった。

使者がやってきた。

「戸田憲光からの使いでございます。城を明け渡せとのことでござる」

戸田からの命であった。ただそれのみであった。

古白はためらうことなく、

「もちろん明け渡さぬ」

きっぱりと言い切った。これが古白の答えであった。悟りを開いたかのごとく、目の奥は落ち着いていた。

一色城主牧野成勝のもとに、戸田、松平の軍勢に今橋城が包囲されているという知らせが届いたのは、それから一刻余り経ってからであった。

「父上が包囲されているだと……。至急、成種へ一色城内の広間に家臣を集めるよう伝えよ！」

成勝は牧野城の破棄に伴い、牧野城内のものを一色城内へ運ぶための指示に出向いていたのだった。

兄能成は牧野城主であったが、今橋城が完成したことにより、牧野城を居住のための館に変えることにした。明応の大地震によって川の流れが変わったため、水の不便さが際立っており、城としての機能を保つのには限界があった。

そのため、今橋城の完成と同時に取り壊す予定であったのだが、領地の境で小競り合いがあって少し長引き、今時分に取り壊すこととなったのである。

一色城への帰城途中、使者から今橋城包囲という知らせが舞い込んだ。成勝は使者を先に走らせ、脳裏に父古白のことを考えながら馬を走らせた。

一刻も早く一色城へ向かい、軍議を開く必要があった。父を助け出すためにもわずかな時も無駄にはできないと感じていた。

一色城ではすぐに家臣が集められた。何事かと困惑した顔の者もいれば、もうすでに状況を知っている者もいた。

「今橋城が戸田、松平の軍勢に包囲されたようである」

静まった広間に成勝の声が響き渡り、場内はざわめいた。

「戸田め、やはり松平方へ寝返りおったか」

こぶしを握り締めながら、成種は怒りをあらわにしている。成勝不在の間、一色城は二回りほど年の離れた成種に任されていたのであった。

「成勝殿、なぜ、このような時分に我々をお呼びになったのでしょうか？」

成勝が声のほうを見ると、今橋城内にいるはずの真木善兵衛、岩瀬氏成、稲垣重賢がそこにいたのだった。

「ど、どういうことだ？」

成勝はこの三人を呼び戻した覚えはなかった。

「このような文が今橋城へ送られてきたので、我らは急ぎ参上したのですが……」

稲垣重賢は送られてきた文を出し成勝に見せた。

「稲垣殿、真木殿、岩瀬殿。至急一色城へ登城下されたく候。重大な要件あり。牧野成勝」

成勝は目を丸くした。

「わしはこのような文を書いてはおらぬ。字は似ておるが、わしではない」

「なんと……」

広間はさらにざわめいた。このような不可解なことは初めてであった。

「もしかすると、戸田方の策略だったのかもしれませぬ」

成種は成勝の耳元でささやいた。

「戸田め！　稲垣殿、真木殿、岩瀬殿、そなたたちは戸田、松平にはめられたのじゃ。おそらく今橋城を手薄にさせることが目的だったのだ」

稲垣、真木、岩瀬の顔が青ざめた。

「このままでは古白様が……」

山本勘左衛門貞次が心配そうな面持ちでつぶやいた。

「城中には野瀬殿、秋山殿、宮橋殿、そして、息子の源三郎もおります」

陶山善継が動揺しながら申し出た。

「今すぐ助けに参りましょう！」

山本帯刀が意見した。

「うむ、事は急を要する。皆の者、急ぎ戦支度を整えよ、出陣じゃ。駿河の今川殿へも早馬を出し、後詰めを願うのじゃ。大塚城の岩瀬氏俊殿にも加勢するよう急ぎ伝えよ」

成勝は軍を整え今橋へ向けて出陣した。


軍勢は今橋城の目前まで来た。今橋は川を越えたところにある。川を挟んで西が牧野軍、東が戸田、松平軍となり、にらみ合いを続けていた。

「相手はかなりの大軍であるな。予想以上だ」

成勝は群がる敵軍を口惜しそうに見ていた。

「あの城に今もなお古白様がおられる。我らの助けを今か今かと待っておられるだろう」

昔から古白のそばに仕えてきた稲垣が、弱々しく口にしていた。

「まさか、ここまで囲まれているとは……。ねずみ一匹逃げ出すことも難しいだろう」

真木が想像以上の軍勢に肝を潰していた。

「守りの薄いところから突破していくしかなさそうだな。我らが采配を振るって建てた城じゃ。簡単に渡してたまるか。どこか一箇所でも今橋城へとつながる道を作らなければ」

岩瀬氏成は今橋城を取り囲む戸田、松平の軍に向かって突進していった。馬も氏成の気持ちを察したのか勇ましく飛び出していった。稲垣、真木もそのあとに続いた。

戸田、松平の兵はそれに気がつくと、同じ規模の軍勢で向かってきた。総数は圧倒的に戸田、松平軍のほうが多かったが、同等の兵しか出してこなかった。そのため、牧野方は何とか持ちこたえていた。


「大塚城から加勢が参ったぞ」

後方から、声が聞こえた。

本陣にいる成勝のもとに、大塚城から援軍の兵を率いた岩瀬氏俊が到着した。

「少しの兵しか出陣できませんでした」

「いや、氏俊殿、かたじけのうござる」

成勝は氏俊に礼を言った。

「父上は無事でございますか」

「前線で戦っている」

氏俊は複雑な表情で聞くと、思いがけないことを言った。

「成勝殿、一つ気になる点がございます。ここへ参る途中、耳にしたことですが、今橋城を包囲している中に、戸田、松平の軍のほかに今川殿の兵が交じっているとのこと」

「なっ、なに？　それは事実《まこと》であるか？」

「それがしも驚きましたが、どうも事実のようでございます」

成勝の顔が一気に青ざめた。

「一体どういうことだ？」

「分かりませぬ。それがしもここへ参る途中、いろいろ考えを巡らせました。しかし、分かりませぬ」

成勝は、あごに手を当てながら考えていた。

「大林！　ひとまず兵を引き揚げるように稲垣らに伝えよ」

「はっ！」


稲垣、真木、岩瀬の軍は、ほぼ互角の戦いをしていた。

だが、刀を幾度となく交えていると、不思議なことに気がついた。戸田、松平方は一切城に向かって攻撃をしていないのである。

「どういうことだ？」

初めに気がついたのは稲垣であった。

「戸田、松平は一切、城には攻撃をしていない」

真木、岩瀬もようやく気がついた。

そのとき、後ろから大林が駆けつけ大声で叫んだ。

「稲垣殿、真木殿、岩瀬殿、兵をお退《ひ》きくだされ」

それを聞き稲垣、真木、岩瀬は後ろへ下がり、兵を引き揚げることにした。

当然、追撃があると思ったが、なぜか一切追ってこなかった。

「まさか……」

稲垣は気がついた。


川を挟み、再び戸田、松平とにらみ合うことになった。時々、矢が降り注ぐことがあるが、思い切って攻めてくる様子は見られなかった。

「一体どういうことであろう？　我らが攻撃を開始すると向こうもこちらに向かって攻撃を仕掛けてくる。しかし、こちらが攻撃をやめれば、向こうもやめおる。よくよく見ると、戸田、松平軍は城に矢を数本撃ちかけるだけで、一切攻撃を仕掛けてこないのでござる」

本陣へ向かった稲垣が、成勝へ疑問を投げかけた。

「なぜだ？」

またしても成勝は顔を歪《ゆが》めた。

「城をそのまま頂こうという魂胆なのでしょうか？」

成種も腕を組み首をかしげていた。

「それが本当であれば、兵糧攻めをする気かも知れぬ」

成勝の顔に苦悩が表れた。

「今川殿の軍はどうなっておる？」

陶山は援軍がなかなか来ないことを不審に思い、訊ねないわけにはいかなかった。

「今川殿は、戸田、松平方と共に今橋城を包囲しているらしい」

成勝は言いながら顔がさらに曇っていくのを感じていた。

それを聞いた途端、周りが騒がしくなった。

「どういうことか？　今川殿は我らに味方してくれるのではなかったのか？」

陶山も冷静ではいられない。成勝は目をつむっていた。

「もしかしたら、これもまた戸田による策略かも知れぬ」

成勝は落ち着いてそう言った。

「稲垣、真木、岩瀬ですら引っかかった策。もしかすると、今川殿も戸田の策にはまってしまわれたのかも知れぬ」

一同は静まり返った。川の流れが聞こえるだけであった。

「とにかく真実を調べて報告せよ」

成勝は誰に言うともなく言葉を投げかけた。

だが、皆顔を見合わせるだけで誰も動こうとしない。

突然、怒りが抑えきれなくなって成勝は声を荒らげた。

「はよう行くのじゃ！」

誰が受け取ったかは分からないが、その場から走って情報を探しに行く者がいた。

「せめて今橋城内と連絡が取れれば……」

成種がぽつりと言った。

「城中の状況すらつかめぬとは……」

「ん？」

稲垣はひらめいた。

「陶山殿、そなたは弓の名手であったな？」

陶山は突然の問いに困惑しながら答えた。

「さよう自負してはおるが……？」

稲垣は陶山の耳元でぶつぶつと何か言っていた。が、陶山の顔に急に笑みが浮かび、

「やってみましょう」

頷いて、そう言った。

四

岩津城攻めの際、田原の戸田憲光は今川の軍に加勢しなかった。

「どういうことだ。今川が西三河を侵略するだと？」

「そのように伝え聞きました」

戸田の使者を務める男が憲光の前でひれ伏している。

「今川氏親殿は、岩津城に攻め入ることで松平長親《ながちか》殿の動きを封じたいとのこと。戸田殿の兵もお借りしたいと申しております」

「弱ったな……」

もともと、憲光の父宗光は松平と関係が深く、宗光の妻（憲光の母）は松平信光の娘であった。信光は長親の祖父にあたる人物である。

「二連木の政光はどうしている？」

「もちろん今川殿に従っております」

「そうであるか」

二連木は宗光が城主であった頃、今川の船形山城に攻め入り占拠するものの、すぐに奪還され宗光は討ち死にした。戸田氏は二連木城に憲光の子政光を入れ、今川方に加わることで、滅ぼされることを避けることができたのだ。

「ここはしばし様子見としておこう。さすがに母君の親族と敵対することはできまい。返事はまだ返すな。できるだけじらして双方に気づかれないようにせよ」

憲光は松平と今川とを天秤にかけた。戸田の一族を守るための結果がこれであった。

憲光は父宗光に比べて慎重であり、かつ、父同様に恐るべき才知に恵まれていた。そのため、あらゆる策略を巡らすことができた。人を上手く操り、悪く言えばだますことの才能にも秀でていた。

慎重な理由は、父宗光の異常なまでの闘争心を目の当たりにしていたからだ。そのために父は討ち死にしたことを憲光は心得ていた。

二連木城を築く際も、父はただ勢いに任せて築城した。憲光は勢いに任せながらも、一歩引いて別の視点から見ることにしていた。だから、判断しかねるときは一歩引いたところから眺めるのであった。判断を誤らぬように。

今川に従属する兵が岩津城を攻めている頃、田原戸田は一切加勢しなかった。どちらをも味方にもできず、どちらをも敵にもできない相手であった。

迷いに迷った結果、加勢せず見守ることにしたのだ。

そのまま事態は解決すると思っていた頃、使者が来た。

「憲光殿、今川殿が田原の戸田が寝返ったという噂を聞きつけ、こちらへ向かっております。このままでは今川殿が攻撃を仕掛けてくるでしょう」

「なにっ。なぜじゃ。誰がそのような噂を」

「今橋の牧野のようです。牧野古白が我らの動きを不審がり、出陣中に今川殿の客将に告げたものと思われます」

「おのれ、牧野め」

今の憲光は生前の宗光にそっくりであった。怒りが顔全体に広がり、慎重さがなくなりかけていた。

牧野と戸田は長年敵対していたため、このように相手の隙をついてつつき合っていたのだ。

幼き頃、父が全慶へ頻繁に書を送っていたことを思い出していた。

伊勢新九郎盛時率いる一万の兵は、岡崎大樹寺《だいじゅじ》に入って岩津城を攻めた。その後、安《あん》祥《じょう》城の松平五代長親は、矢作《やはぎ》川を越えて井田野《いだの》で決戦を挑んだ。

「伊勢殿、もしかすると、田原の戸田が松平方と組んでいるのかと思われます。今ここで挟み撃ちされる危険もあります。なんとかここは和議をもって兵を撤退させたほうがよろしいかと存じます」

古白は無駄な死を嫌った。このまま戦を続けるのは、双方にとって害はあっても得は一つもないと思ったのだった。のちにこの進言が三河を大きく揺さぶるきっかけとなるとは誰も思わなかった。

「うむ……。今挟み撃ちされたらひとたまりもなかろう」

伊勢は悩み、問い返した。

「このまま攻め入って松平を滅ぼしてしまいたいところだが、戸田の動きも怪しく見える。して、どのように和議を持ちかけるのじゃ?」

「碧海郡桑子村の妙源寺を仲介人とするのが得策かと思います」

古白は即座に答えた。無用な血を流すことを好まなかった古白は、以前から和議への道を摸索し、使いを走らせていたのだった。

仲介人を介しての和議はすぐ実行に移された。

今川と松平の和議がここで成立した。

「うむ。一刻も早く兵を撤退させようぞ」

伊勢は迅速に兵を引きあげ、今川氏親に田原の戸田の不審を告げた。

「田原の戸田はなぜ出陣しなかったのじゃ？」

氏親も戸田に不審を持っていた。そのため直接会ってその真偽を問いただすために戸田憲光を呼ぶことにした。

憲光を居間に通した。

「戸田、なぜそなたはこのたびの戦に加担しなかったのじゃ。申してみよ」

戸田は今川の前でひれ伏している。今川の忠実な従属者として見せるための建前上のものであった。

「今川様、お聞きください。我らは今川様に尽くしております。なぜ、我らが加担しなかったかというと、牧野が今川様に攻め入ろうと考えていたからにございます」

平伏しながら戸田憲光はにやりとした。今川からはとても忠実に見える。

「しかし、さまざまな方面から田原戸田の寝返りが噂になっておるぞ」

今川は必死な戸田が不審であった。陣中に噂が口に上るということは何かがあることに違いないと思った。

「面を上げて、話してみよ」

憲光はにやついた顔を瞬時に引き締め、今川氏親を見つめた。

「それは噂でございましょう。二連木の戸田も出陣し、田原の戸田も出陣したと聞いたら、きっと隙をついて牧野は今川様へ攻め入るかと思います。それだけの勢力を牧野はつけております」

「予を裏切り、攻めようとしているというのはまことであるか?」

さすがの今川も、これは嘘《うそ》ではないかと疑った。

「もちろんでございます。その噂もおそらく牧野が流したものと考えられます。こたびの戦は、伊勢殿が大将として出陣しておられましたが、牧野が伊勢殿の補佐的役割を担っていたこととお聞きしております。我ら戸田を陥れることで渥美一帯をも支配し、今川様を裏切るおつもりでしょう」

「まさか?」

もちろん、嘘であった。しかし、憲光はさらさらと真実味を帯びた言い方で、今川をうまく言いくるめようとした。

今川もまた、その可能性を否定できないほど牧野一族の力が強大化していたため、戸田の話を信じてしまった。

戸田憲光はこうして今川までをもころりとだますことに成功したのである。

今川の心はほとんど戸田の手の中に入っていた。今川は目の前で平気で嘘を言うような人物はいないと思っていたし、嘘は目を見ればすぐ分かった。

しかし、憲光はその二つを巧みに利用したのだ。今川の前で取り繕い、目に動揺を浮かべなかった。戸田は一族を守るために必死であった。

今川も戸田を味方につければ、松平も動かしやすいと考えていた。

「まことでございます。このような策略を仕組んだのは牧野古白かと思われます。できることならば、今のうちに今橋城を攻め落としておいたほうがよいかと思われます」

「さようであったか」

今川は扇をぱちんと閉じた。

確かに牧野の勢いはとどまるところを知らなかった。激しい戦いをせずに勝ち、拡大していく牧野を恐れ始めていた。

血を流すことを最小限にしていく手法は今川に類するところがあった。それが、より今川を恐れさせる原因となっていった。すべては、たった一つの綻《ほころ》びから生じる。

「戸田よ。今橋城を攻め落としたら、そなたに今橋城をやる」

「ありがたきことにございます。戦法についてはこの戸田に考えさせていただけませぬか？」

「よかろう」

戸田は牧野と今川の間に楔を打ち込むことに成功したのであった。

今川との面会から帰る途中、思わず憲光の顔に笑みがこぼれた。一族を守ることができ、ほっとした。そして、声を出して笑ったのであった。


憲光のもとに、今川氏親と松平長親が和議を結び同盟を組んだという知らせが届いた。

「機は熟したな。今橋を攻めようぞ」

次男の金七郎宣成《のぶなり》に告げた。

「では、松平殿と今川殿に戦の知らせを出してまいります」

「丁重かつ慎重に頼むぞ」

憲光は今橋城を無傷で得ようとしていた。今橋という地は今川の三河進出拠点となっており、何かと便利な地でもあったのだ。裏に川が流れ、城下は栄えてきている。このような地をそっくりそのまま頂きたかった。

「大軍を率いて今橋城を取り囲むぞ」

憲光に付き従う者すべてに告げた。

「決して、城への無用な攻撃はしてはならぬ。できる限りそのままの状態で今橋城を得るのだ。牧野が攻撃を仕掛けてきたときだけ反撃をすればよい。兵糧攻めを行う。周囲の領民にも攻撃を一切するな」

具足を着けて出陣したのは、宗光の弟家光、憲光の弟綱光、憲光の次男金七郎宣成などが主であった。

今橋近くになると松平方、今川方と合流し、今回の戦法を告げた。

まず戸田の兵で城を囲み、松平方、今川方の兵がその周りを囲む。そして、最後にまた戸田の兵で囲むことにした。そうすることで松平方、今川方の信頼を得ようとしていた。

二刻過ぎた頃、牧野の兵が襲ってきた。

「憲光殿の戦法で防ぐのじゃ」

外を囲っている戸田の兵が牧野の兵に襲いかかったのだった。

五

古白は城の中にいた。女たちがあわただしく動き回っていた。中には泣き出す者もいた。それらを落ち着かせるのもままならなかった。

この女たちは、一色城から手伝いとして今橋城へ来ている者が多い。つまり、川を挟んで一色城と今橋城で妻、子、夫と離れ離れになっているということだ。

古白たちは焦っている。

「古白様、戸田の兵以外に、松平の兵、今川殿の兵も交じっているように見えます」

城外の情勢を分析していた宮橋は驚き、急いで伝えに来た。

先ほどから、古白は座禅を組んでいた。冷静になろうとして座禅を組んでいたようであった。

しかし、その宮橋の一声で、安定してきた精神が一気にぐらつき始めた。

「なにっ。今川殿の兵だと？　一体どういうことだ？　なぜ、戸田方についておる？」

古白は今川が援軍を出して助けに来てくれるものと思っていた。

「一体どういうことなのだ？　なぜ、今川殿までもが今橋城を包囲しておられる？」

再び冷静になろうとして座禅を組んだ。冷静にならなければ負けるということは昔から知っていた。波多野全慶時政から学んだことであった。今、このような状況だからこそ、冷静になる必要があるのであった。

「一色城より成勝殿率いる兵が対岸に着きました」

秋山が知らせに来た。古白は立ち上がり格子窓へ近づいていった。

川の向こうに目を向けた。来てはいるものの、明らかに人数的に負けている。

「成勝と連絡がつけばよいのじゃが……」

古白は困り果てていた。どうすればよいか全く考えが浮かばなかった。

幼き日々がよみがえってくる。父成富、そして成興殿、一色時家様、今を作ってきた人々の顔が頭の中に浮かんでは消えた。

一刻が過ぎた。周りを囲まれているというのに今橋城内は静けさに包まれている。平穏な日々に戻ったようであった。その静けさを切り裂く出来事が起きた。

古白は相変わらず座禅を組んでいた。時折、成勝の行動が気になり格子窓から外を眺めていた。そのときであった。一本の矢が古白の耳元をかすめていった。古白は一瞬ひやりとした。

「古白様！　お怪我はございませぬか？」

後ろに控えていた野瀬、陶山が声をそろえて叫んだ。

「心配無用じゃ」

古白はすぐにしゃがみ、後ろを振り返った。柱に先ほど放たれた矢が刺さっている。

「何であるか？　あれは」

矢柄に紙がくくりつけてある。古白はすぐに立ち上がり、矢を引き抜いた。野瀬、陶山源三郎は古白を守るために腰を低くし、窓の外を見ていた。

「何でございましょう？　矢文《やぶみ》でしょうか？」

野瀬は不思議な目で見ていた。古白はその紙をおもむろに開いた。

「ん？　重賢からじゃ」

古白はすぐに立ち上がり、格子窓へ近づいて外を見渡した。川を隔てた向こうの茂みに稲垣重賢と陶山善継が隠れていた。

「重賢と善継じゃ。茂みに隠れておる」

陶山源三郎は父の名を聞くと、すぐ窓へ近づいていった。

「父上？　……よかった」

「陶山殿の家系は弓の扱いに優れていらっしゃったと聞く」

野瀬は陶山に言う。

「さようでございます。わたくしも父上と同じく幼い頃より弓をたしなんでおります」

「ほほう、そういうことであったか。重賢の奴、面白いことを考えおったわ」

古白は城の中にいる源三郎と、茂みに隠れてこちらを見ている善継を交互に見て笑った。

城が戸田、松平、今川に囲まれてから初めて頬の緊張が緩んだ。

「何と書いてありますか？」

野瀬は気になっていた。古白はすぐに顔を引き締めた。

「ふむ」

手紙に書かれていることは簡潔であった。

まず、古白の状況、城内の状況が気がかりであるということ。成勝の兵だけでは周りの兵を打ち破ることができないということ。今川が戸田についていると思われること。陶山親子の弓の技を使ってやり取りを行うということであった。

「成勝に状況を知らせなければな。野瀬！　筆を頼む」

古白は野瀬に筆を執らせた。

外からの攻撃はなく、ただ「城を明け渡せ」という要求のみが突きつけられているということ。城の外に出なければ安全であること。城から外へ出ることはできないため、物資の供給がままならないこと、今川の兵が戸田方についているということを確認したこと。そして最後に、伝左衛門だけは外へ逃がしておきたいと書いた。

源三郎は矢に文を結び、窓から善継の隠れている茂みの後ろにある木を狙って射た。風を計算したかのようにきれいに弧を描いて川を越え、木の根元に刺さった。戸田方の兵には一切気づかれていなかった。


その少し前、重賢は善継と共に計画を開始した。筆を走らせ、最初の文を矢にくりつけた。失敗は許されず、緊張が走った。

川を挟んだ城の後ろに回り、戸田の兵に気がつかれないように匍匐《ほふく》前進で茂みの中を進んでいった。

「陶山。あの窓が古白様の部屋へつながっておる。あの隙間を狙うのじゃ」

「承知いたした」

二人とも小声であった。川を挟んでいるとはいえ、見つかることは避けなければならなかった。

善継は伏せたまま狙いを定めた。丁寧に狙いを定めていた。失敗したら戸田の兵に気づかれて二度とこの策はできなくなってしまう。ましてや、自分たちの命もかかっている。善継は思い切り矢を射た。重賢は矢が変な方向へ飛んで行くところを見た。もうだめだと目をつぶりかけた瞬間、風によって矢がきれいに窓の隙間へ入り込んでいった。

「よし」

重賢は思わず声を出した。

「陶山！　見事じゃ。やはり腕がよいな」

重賢と善継は寝そべりながら満足した顔つきになっていた。

その後しばらく、矢がすり抜けていった窓の隙間を眺めていた。

すると、古白の顔がかすかに見えた。

「古白様じゃ。良かった、無事じゃ」

重賢はホッとした。

「これで城内と連絡が取れそうですな」

善継もホッと胸をなでおろしていた。茂みに隠れてじっとしていると、今橋城の窓に弓が見えた。次の瞬間、矢が弧を描いて川の上を渡っていた。気がつくと、後ろの木へ刺さっていた。

「源三郎、生きておったか。よかった。弓使い、なかなかやるな」

善継は重賢と共に、その突き刺さった矢に向かっていった。

善継は息子の源三郎が無事だと分かると満面の笑みを浮かべた。

紙を矢から外し、中を見た。

「すぐに、成勝殿に報告に参ろう」

二人は匍匐しながら茂みから姿を消した。


「成勝殿、城内との連絡が取れるようになりました」

重賢は声を張り上げて、本陣に待機している成勝の前に現れた。

「それは良かった。重賢、どのように城内と連絡を取れるようになったのだ？」

「はっ。陶山善継が弓の名手であるということを覚えておりますでしょうか？」

成勝はしばらく頬に手をやり、気がついた。

「……ほう。その手があったか。して、上手くいったか？」

「もちろんでございます。ここに文がございます」

善継は得意げに伝えた。そして、成勝に文を渡した。文を受け取った成勝はじっくりと読んだ。

「そうであったか。……父上は無事であったか。……兵糧が気になるところだ。……やはり、今川殿は戸田方へついておられるのか。……それだけは理解できぬ」

読みながらブツブツとつぶやいていた。

「伝左衛門殿を救い出すのはいかがいたしましょう？　城から外へ通じている箇所がなければ難しゅうございませぬか？」

稲垣はもう手立てがないような無念の表情をしていた。そこにいる誰もが答えようもなかった。

「一つだけ方法があります」

沈黙を破った人物がいた。真木であった。

「城内から川へ流れ込む水路を使うことが考えられます」

「どういうことだ？」

成勝が問うと、真木善兵衛は岩瀬氏成に説明を促した。

「今橋城を築城する際、大工が排水路を作りました。見ていたら、小さな子であれば中を通ることができるように思われました。今まで以上に大きい排水路であったかと思われます。野瀬殿が見ていたかどうかは分かりませぬが……」

普請役である真木、岩瀬だけはそれを見ていたのだった。

「さようであるか。よし、陶山！　そのことを城内へ伝えよ。伝左衛門は腹違いといえども、わしの弟でもあるからな」

一つだけ解決した。しかし、まだたくさんの問題を抱えている。古白を助け出すことはできるのか。今橋城を明け渡すしかないのか。このまま立てこもっていたら食糧が尽きてしまう。このようなどうにもならない問題を抱えていた。

今川が戸田方へついている以上、勝ち目はないものと皆かすかに思っていた。

二回目の矢が今橋城へ放たれたのは翌日のことであった。

「むむ。そのような排水路が存在しているのか？　野瀬、どうじゃ？」

「初耳でございます。その頃、建材を集めるのに奔走しておりまして……」

「すぐに調べてまいれ」

古白は野瀬にそう告げると続きを読んだ。

「やはり、今橋城は戸田に明け渡すしかないのだろうか？」

宮橋、陶山、秋山へ向かって無念そうに言った。

「そのようなことはございませぬ。殿が諦めない限り、我らは最後まで戦い抜きます」

秋山はぐらついている古白の心を立て直した。

「さようであるか。皆の者もそのように考えているのか？」

「はっ」

全員が今橋城を明け渡さないという強い意志を持っていた。

「ありました。古白様！」

野瀬が戻ってきた。

「そうか。しかし、伝左衛門をそのまま排水溝を通らせても、無事に成勝のもとへ行けるのだろうか?」

再び振り出しに戻ってしまった。

六

二週間以上も戸田勢は城を囲んでいた。今橋城内では食糧が乏しくなりかけていた。食糧が入らないと分かっていたため、おのおのが節約して何とか二週間もったのだった。

古白は熱が上がり下がりしている伝左衛門の部屋にいた。今は熱が下がっている。医者に診せたいのだが、城内にはいなかった。伝左衛門はそれほどまでに病弱であった。

「伝左衛門。そなたには生き延びてもらう必要がある。そなたはわしの大切な子じゃ」

古白は伝左衛門を強く抱きしめた。古白の体が徐々に痩せていくのが伝左衛門にも分かった。城内の食糧が乏しくなっているのだと察した。

「父上……死んではなりませぬ」

伝左衛門は古白に聞こえないくらい小さくつぶやいた。

古白は聞いていたのか、

「つらい思いをさせて悪かった」

伝左衛門は、今度は聞こえるように、

「父上のせいではございませぬ」

古白は、はっとして抱きしめていた伝左衛門の顔を見た。過去が重なって目の奥が熱くなっていた。


相変わらず、外にはたくさんの兵が取り囲んでいた。戸田、松平、今川の兵は三日に一度の割合で交代していた。そのため衰えることがない。

成勝らの兵も外側から必死に攻撃するも、全く力が及ばず攻撃をしなくなっていた。唯一、矢文のやり取りだけは戸田らに気づかれることなく定期的に行っていた。

「伝左衛門、元気になったら、外で遊びたいだろう」

古白と伝左衛門は、囲まれた景色を眺めていた。

「………」

「我慢せんでもいいのじゃ。なんとかそなたを外へ出してやるぞ」

「しかし、父上、このような状況から逃げることなどできるのでしょうか？」

「この父を信じよ」

継母が、伝左衛門の熱を下げるために用意された桶《おけ》を片づけに入ってきた。

「これじゃ」

古白は桶を見て閃《ひらめ》いた。

「伝左衛門。必ず助けるぞ」

そう言い残すと、古白は足早にそこから離れていった。


古白と野瀬が話し合っていた。

「伝左衛門を脱出させる方法が見つかったぞ」

「どのような方法で？」

「あの排水路を使う」

「それは断念したのでは？」

「桶を使うのじゃ。伝左衛門を桶に入れて排水路に流すのじゃ。そして川下で拾い上げてもらう」

「しかし、桶を使うといっても、戸田に見つかれば不審がられる恐れがありまする」

「そこでじゃ。取り囲む戸田へ総攻撃をしかけるのじゃ。今橋城の兵糧はもう尽きておる。このまま沈黙を続けても意味がなかろう。成勝に伝え、外と内から同時に攻撃するのじゃ。奇襲を仕掛ければ打破できるかも知れぬ。戸田の兵をひきつけているうちに伝左衛門を逃がすのだ。そうすれば、桶に気がついたとしても危険は薄くなる」

「……殿、分かりました。陶山に矢を射らせましょう」

古白は城内にいるすべての家臣を集めた。多くはなかった。戸田の兵に襲いかかり、やられてしまう者も多かったからだ。

「これより、今橋城の全戦力を挙げ戸田に立ち向かう。今川殿に真実をお伝えするのだ。この牧野は今川殿に謀反など考えておらぬと。そのためには戸田を討たねばならぬ」

外の成勝と内の古白との矢文でのやり取りで、首謀者は明らかになっていた。戸田の謀略であった。

しかし、今分かったとしても、力の衰えている古白の味方を今川殿がしてくれるとは限らない。とにかく戸田憲光を捕らえ、今川氏親の前で真実を述べさせるしかないのだった。

「皆の者、わしと共にこの戦を終わらせようぞ。そして、思う存分飯を喰らおう」

古白が立ち上がり、一同も立ち上がった。

「半刻後に出陣する。準備をし、気を引き締めよ」

古白は伝左衛門のいる居間へ向かった。

「しばらくの別れじゃ。外で元気に遊べるよう強うなれ」

伝左衛門は古白が生きて帰ってこないのではないかと読み取った。それに気がついた古白は伝左衛門に告げた。

「もし、この父が戻らなかったら、戸田に従い無駄な死を防ぐのじゃ。成勝にもそう伝えよ。そして、時を待ち、今川殿に戸田の謀反を伝えるのじゃ。この古白は決して今川殿を裏切ったりしてはおらぬとお伝えせよ」

「父上。必ず生きてお戻りください」

伝左衛門は必死に言った。

「……もちろんだ」

弱々しい声であった。

「では、伝左衛門を頼む」

古白は伝左衛門のそばについている継母に目をやった。城外が騒がしくなったら伝左衛門を桶に入れ、排水路に流すように継母には伝えておいた。

「古白様、お気をつけて」

さっと立ち上がり、馬出《うまだし》へと向かった。

申の刻、野瀬、陶山、秋山、宮橋らの準備は万端であった。

「のろしが上がったら、一気に突撃する」

成勝とのやり取りで、川辺にのろしを上げたら突撃を開始するという約束をしていた。

ちょうどその話をしているとき、のろしが上がった。

「皆の者、一気に戸田の陣を打ち崩すのだ。戸田憲光さえ打ち崩せば、この戦は終わる。突撃じゃ」

古白の軍が怒濤《どとう》のごとき進撃を開始した。城周を囲んでいた戸田の兵は慌てた。前方からの進撃と共に、後方からも進撃が始まった。戸田憲光は陣の中心におり、その様子を見ていた。

「牧野め、ようやく動きおったな。ついに追い詰められたというわけか。よし、全軍をあげて城の中へ突撃じゃ」

戸田は見抜いていた。しかし、一つだけ見抜けなかったことがある。それは、牧野伝左衛門が桶樽《おけだる》に入れられ川を流れていたということである。

川下には牧野忠高がいた。髪は白髪であった。忠高に伝左衛門を川から引き上げる役を命じたのは成勝であった。川岸に老人がいても不審がられることがない。それを考えてのことだった。

「わしはこの川と縁があるのじゃなあ」

そうつぶやきながら桶が流れてくるのを待っていた。

そんなことを考えていると、ちょうど流れ着いてきた。

「よし」

忠高は慎重に川辺に引き上げ、桶を開けた。伝左衛門がいた。疲れ切った伝左衛門と生き生きとしている忠高。お互い笑顔になるとつながるものがある。

二人はそのまま母方の縁者、知多郡大野に逃げ、匿われたのだった。

戸田の軍が圧倒していた。秋山も敗れ、宮橋も敗れた。野瀬と源三郎は踏ん張っていた。外側から牧野成勝率いる稲垣の軍、大林の軍、山本の軍、真木の軍、岩瀬の軍、陶山善継の軍が攻撃を仕掛けたが、今橋城へつながる道はできなかった。

「古白様、もう限界でございます」

野瀬は迫り来る敵を防ぎきれなかった。

「踏ん張るのじゃ」

古白も戸田に圧倒されていた。確実に戸田軍のほうが多い。いくら踏ん張ってもやられてしまうことは分かりきっていることであった。

「古白様……」

古白が振り返ったときにはもう、野瀬の体は馬から落ちていた。古白は声が出なかった。急に雨が降り始めた。空が光り、ゴロゴロと雷の音がとどろいている。辺りが暗くなった。

古白は覚悟を決めた。馬へまたがり向きを変え、一気に城へ駆け戻っていった。全身が濡れている。戸田の兵も後を追った。

馬を乗り捨て、奥へと入っていった。寝所へ入り、掛け軸の下に据え置かれた刀を抜いた。全慶を討った刀であった。両膝をつき、切っ先を眺めていた。

「父上、成興殿、時家様、全慶殿、……わしはいつから間違っていたのでしょうか?」

古白の目から涙がこぼれ落ちた。窓から雷の光が差し込み、空が唸《うな》っている。

古白はあのときの全慶の姿を思い出していた。子供たちのために生きながらえねばと思いながらも、この重圧にはなすすべもなかった。

七

戸田憲光がその部屋に入ったのは、まだ雷が鳴り止んでいないときであった。憲光は空が光るたびに姿を現す古白の亡骸を見ていた。

「手厚く葬ってやれ」

憲光はそう言い置き、金七郎宣成を呼んだ。

「この今橋城はそなたのものとする」

「ありがたきことにございます」

憲光は古白を自害にまで追い込み、こうして次男の宣成に城を与えたのだった。

牧野成勝が戸田への攻撃をやめたのは、雷が静まってからであった。古白の死が告げられたのだ。

成勝は戸田に従うことになった。家臣の無残な死をこれ以上増やしたくなかったため、苦渋の決断をしたのであった。今橋城での攻防はこれで終結した。

それからしばらく経って、安全だと分かってから知多郡大野へ匿われていた伝左衛門は、忠高と共に一色城下へ戻るのであった。

この日から、牧野の一族らは、細々と生活することとなった。勝った者が歴史を作る。まさにそれを物語っているような状況であった。


憲光は今橋城を攻略したことを今川氏親に伝えに行った。

「戸田よ。ようやった。これからも今橋城を拠点に今川家に仕えるように」

「はっ。戸田一族、今川殿へ付き従いまする」

憲光は口ではそう言ったが、これから先、ことあるごとに松平方に力を貸すことになるのである。戸田もまた、一族を守るため、その時々の流れを敏感に感じながら生きていたのであった。

今川はこれまでの判断が、自らの首を絞めていたことに気がつかなかった。

戸田に敗れた今橋城を背に、牧野新次郎成勝一行は一色城へと戻っていった。反乱の可能性が薄いと見たのか、または、今後の策略で利用できると考えてのことか、戸田は牧野一門を滅ぼすようなことはしなかった。

「父上……」

成勝は亡くなった古白を思い、ため息ばかりついていた。

「とにかく、今は戸田に従うしかあるまい」

成種は子の田三郎の相手をしながら、気を落としている成勝を励ましていた。

成種は古白の子ではないため、成勝ほどの悲しみを持ってはいなかった。それでもやはり存在感が大きかった人であったため、動揺を隠し切れなかった。

「悲しいことだが、乗り越えなければならぬ。それが、この世に生きる定め」

成勝は黙っていた。

「父上は戸田へ従うように申しておられました。そして時を待ち、今川殿へ戸田の謀反をしっかりと告げよとも申しておりました」

戻ってきた伝左衛門は、古白が最後に告げた言葉を心に刻み込んでいた。父との最後の対話であった。

「そうであったか。伝左衛門よ、分かった。それまで辛抱しよう」

十にも満たない伝左衛門にまで気を使われたことを、成勝は恥ずかしく思っていた。

しかし、しばらく成勝はなすすべもない状況に憤りを感じていた。一族を守るためには、ひっそりとしているしかない。成勝はその時から積極的に前に出ようとは考えなくなっていた。

翌年、武田氏の治める甲斐《かい》では、父信縄《のぶつな》の死により、十四歳の武田信虎《のぶとら》が家督を継いだ。信虎は勢力を拡大し、甲斐東部の小山田氏を制圧した。新たなる波乱がまた始まるのである。

時を待つ

一

成勝に幸せな出来事が舞い降りてきた。

成勝の母に古白の子が宿っていたのだった。つまり、成勝の実弟にあたる田兵衛成敏《しげとし》である。

成勝は幼き弟を見ると古白を思い出すことができ、生へ目を向けることができた。枯れ木から生き生きとした新芽が出る生活へと変わっていった。

この年、身ごもる女が多かった。今橋城の攻防の際、亡くなった真木一登の孫伝兵衛にもたくさんの子が生まれ、伝兵衛の子の中で大和長谷寺の住職を務めた者もいた。真木田左衛門の弟宗成である。宗成は念宗法印と名乗った。

岩瀬氏俊も一度大塚へ戻り元服をした。その際嫁を娶って、子氏安とその弟氏雅を授かったのであった。

陶山源三郎の子も大きく育っていた。父の顔を見たことがないが、健やかに育っている。

野瀬信景の妻の腹には子がいたが、その子一郎も父の顔を知らなかった。

宮橋にも子がいた。宮橋右衛門太郎である。父が今橋城内で仕える前に、父とたくさん遊んだことを懐かしく思っていた。

稲垣重賢には子重宗が生まれていた。皆それぞれ、今橋城での屈辱を乗り越えようと必死でもがき、その結果、確実に乗り越えて行ったのであった。

古白の長男能成は、今まで古白の想いである「争いに巻き込まれる」ことを望んでおらず、そのような状況に置かれることを避けるようにしていた。古白の死後、その想いを決して無にしてはいけないと、自ら表に出てくることはなかった。子もたくさんできたが、一族が長く繁栄できるよう、ひっそりと過ごしていくのであった。子の中には、のちに養子として牧野本流の血を受け継ぐ者もいた。また、この地を大変愛しており、砥鹿神社の神職を務める子もいた。

牧野一門はそれから約十年間、戸田の顔色を窺いながら細々と暮らすことになった。

今橋城の惨劇の後、今川と和議を行うものの、いまだに古白が謀略を計画したものだと思われていた。

今川は大塚城の岩瀬に、時々牧野の政治補佐をするよう牛窪へ移り住むように申し付けた。監視の目を兼ねてのことのように見えた。

十年の間に、戸田憲光は満足したのか田原城を嫡男の戸田政光へ譲り、父宗光のゆかりの地に菩提を弔うために、宗光晩年の入道名全久を寺名として全久院を建てた。

牧野成勝は今橋城との交流が切れてから、一色城下を発展させるべく、いろいろなことを考え企画した。

物流の流れをよくするため、毎月二日と七日に市《いち》を開いて人々が必要なものを取りそろえられるようにし、城下全体の生活を押し上げていった。城下は着実に栄えていった。

その落ち着いた環境の中、伝左衛門は二人の弟伝次と伝三と共に、剣術、武術、儒学、さまざまなものを学んだ。時には喧嘩をし、時には笑い、時には悲しみ、共に成長していった。

相変わらず伝左衛門は病弱であったが、二人の弟とさまざまなことを学んでいくにつれ、徐々にではあるがたくましく、強くなっていった。古白の「強うなれ」という言葉を思い出しながら稽古に勤《いそ》しんでいた。

悲劇から数年後、大林勘左衛門貞次は、山本帯刀貞幸と共に賀茂の山本光幸のもとを訪ねた。

「大きくなられたな。源助」

祖父である帯刀は源助の頭に手を置いた。もう十を越える年である。手を離すと、すぐさま源助は兄と剣術比べをし始めた。

「おお、元気のよいことだ」

勘左衛門は生き生きとした源助を遠くから眺めていた。

「安、元服まであと数年だな」

帯刀は少しさびしそうに息子光幸の妻、安を見ていた。

「残りの時間を源助と共にしっかりと過ごしましょう」

安は少し諦めた心持ちを言葉にした。

勘左衛門はその二人の姿を眺めていると、本当に養子にもらってよいものかどうか考えさせられるものがあった。


永正九年（一五一二年）、大和長谷寺の住職であった念宗法印は、職を辞し、観世音菩薩像を奉持して、牛窪に持ち帰ってきた。

この観世音は総本山長谷寺の観音と同一木から作られていた。その観音像は、城内の馬出の地に長谷寺を建立して安置した。寺の名は「ハセデラ」では恐れ多いので「チョウコクジ」と呼び名を変えた。

念宗法印はそのまま長谷寺の住職となった。住職にしては体格がよく、刀鍛冶を従えていた昔を彷彿させるような風貌であった。

　永正十五年（一五一八年）正月、大林勘左衛門は、元服して立派に育った源助を引き連れ、牛窪へやってきた。一色城主牧野成勝に親子となることを告げ、その帰宅途中であった。

「源助。そなたは今日から大林となる。それとな、源助という名も捨て『貞幸』を与える。今日から『大林勘左衛門貞幸』と名乗るがよかろう」

「貞幸でございますか。おじい様と同じ名でございましょうか」

「そうだ。そなたは今ではわしが親の身であるが、おじい様の名を忘れぬようにそうしておこう」

　大林貞幸は、山本帯刀から武術鍛錬を受けた。もともと武術に長けていた大林貞幸は、数年のうちに簡単にこなし身につけていった。さらに、刀のいろはを知る長谷寺の念宗法印に付き、教えを受け、自ら武道を好み精神修養も行っていた。

「父上、これでは物足りなく感じます。もっと、さまざまな武術鍛錬をしとうございます」

「さようであるか。牧野成勝殿に申してまいる。よい考えをお持ちかも知れぬ」

　勘左衛門貞次は、貞幸の武術の才能に気がつき始めていた。

「成勝殿、息子の貞幸が武術の上を目指しておりまして、今までの武術鍛錬では物足りぬそうでございます。恐れ多きことを申しますが、何か剣術を極めていくよい方法はございませぬか？」

一色城へ向かい、成勝の前に座っていた。長い付き合いであるため、それほど堅苦しくない様子であった。

「貞次。この地は父上が亡くなってから数年経っておる。戸田の圧力に負けていた頃は皆の表情も暗かった。最も一番気分が晴れなかったのは、わしかも知れぬ。しかし、今は徐々にではあるが希望が見え始めておる。そこでだ。この地の強者《つわもの》を集め剣術試合を開こうと思う。どうだ？　この地も盛り上がるであろう」

「成勝殿、すばらしいことにございます。さすがの貞幸も、この地の数多くの強者と刀を交えることができるのであれば、力が入りましょう」

「そうであろう。貞次、そなたにすべての段取りを任せてもよろしいか？」

「はい。もちろんでございます」

このようにして、剣術大会の準備が進められるのであった。

二

一色城前の広い地が会場となった。草木が芽を出し、花が咲いている。蝶が舞い、よい薫りが漂ってくる。大会は春の陽がやわらかく包み込む昼間に行われた。

参加は自由とし、刀は木刀とした。

参加者の中には、牧野伝左衛門成三、弟牧野伝次信成、伝三成高、真木伝兵衛と子田左衛門定善、稲垣平太郎重宗、宮橋右衛門太郎宗正、野瀬一郎、大塚城から見学に来ていた岩瀬氏俊の子氏雅、そして、大林貞幸がいた。そのほかにも多数いたが、大体が若者であった。

　これは貞次の考えで、若い者を活気づけることで、この牛窪を明るくしようとした心意気であった。

「信成。手加減はせぬぞ」

「兄上、望むところだ」

　若い二人を周りから見ている大人たちは笑っている。元気な姿を見ていると、勇気がわいてくるようであった。牧野成勝も実弟田兵衛成敏とともに観戦していた。

「わしも出たいのだが」

　田兵衛は駄々をこね始めた。

「そなたがもう少し大きくなったらな」

「同じくらいの子、いや、わしよりも小さい者も出ているではないか」

　岩瀬、野瀬、稲垣を指さして言った。

「田兵衛に怪我をされては困る」

「そうやって話をずらす。兄上はいつもそうやって逃げる」

　成勝は弟の父親代わりの存在になっていた。田兵衛は小柄で、外から見ればより一層幼く見えるのであった。

成勝の隣には成種が座り、その息子、田三郎保成《やすなり》がその横に凛々《りり》しく座っている。田三郎は大柄であり、年齢に似合わない風貌をしていた。牧野家の中でも圧倒的な体力があった。さらにその横には同じような風貌で弟の新二郎貞成《さだなり》が並んで座っていた。

田兵衛と田三郎、新二郎は全く違う性格の者であった。


「やあっ」

成三が勢いよく信成に木刀を振りかざしていた。

「やはり兄上にはかなわぬか。体の丈夫さなら負けぬが、武術では負けてしまう」

成三は腰を地面についている信成に手を差し出した。信成はその手を握り、立った。そして、互いに礼をした。共にお互いのよきところを理解しているようであった。

周りの者は感動し、目頭に涙を浮かべていた者もいた。まだ十歳にもなっていなかった伝次と伝三は、そのような二人の兄を見てうれしく思っていた。その時の光景が一生続くと思っていた。

そのとき、成三の咳が止まらなくなった。持病の発作であった。

信成は兄を背負い、医者のもとへ走っていった。弟の成高もすぐ後を追った。大事には至らなかった。しかし、剣術大会は辞退することとなった。

大林貞幸はどんな相手でも軽々勝ち進んだ。宮橋宗正と大林貞幸との対戦となった。年も近く、慣れ親しんだ友でもあった。

「宗正！　参る！」

「貞幸、隙だらけではないか」

宗正は貞幸の脇を狙い撃ちした。しかし、貞幸はさらりとかわした。常日頃刀の扱いに慣れている貞幸にとって、木刀の太刀筋を見極めることは極めて簡単なことであった。

「隙と見せて、隙となさず」

貞幸は宗正に自ら隙を見せたふりをしていたのだった。宗正が気づいたときには、もうすでに貞幸は後ろに回り込んでいた。あっという間のできごとであった。勝負は決まったも同然であった。

「宗正、まだまだであるな」

「貞幸はいい刀を使ってるからだ」

宗正は頭を掻きながら参った様子であった。

「ははは。これは木刀。みんな同じ」

二人は相手の木刀を見つめ、歯を見せながら笑っていた。これからの未来を担う者たちの笑い声であった。

「また、やろうな」

貞幸は一礼をして、場から退《さ》がった。

皆武術に長けており、なかなか見ごたえのある試合となり、先ほどに比べて見物客が増えてきた。農作業を終えた百姓たちも、牛窪にはどのような強者がいるのか興味を持って見に来ていた。

「牧野保成殿。一度お相手願いたかった」

ついに貞幸と保成との対戦となった。

「保成殿、思い切りお願い申す」

春風が吹いてきた。心地よい風であった。誰もこのような日に争いをしたい気分ではなかったであろう。しかし今、保成と貞幸はにらみ合っている。戦のようなにらみ合いである。

保成と貞幸の年齢はさほど離れてはいないが、見た目では明らかに保成のほうが年上に見える。体格でも保成が圧倒的に有利である。お互い服装の乱れが一つもなく、隙がなかった。

蝶が二人の間を通過した。先に仕掛けたのは保成であった。貞幸は簡単に木刀で防いだ。

「保成殿、それではこの貞幸から木刀を打ち落とすことなどできまいぞ」

威勢が良かった。

保成は何も言わず打ち続けた。が、貞幸はびくともしなかった。次第に、保成の服装に乱れが生じてきた。

「このー」

保成はカッカしていた。いつもの身だしなみが完全に乱れていた。

「今度はこちらから行かせていただく」

大きな木刀を握り直し、流れるような軽やかな刀さばきで、保成を打ちに行った。

保成は初めのほうは防いでいたが、だんだん貞幸の速さについていけなくなった。貞幸の木刀さばきは衰えることなく、どんどん繰り広げられていた。

周りで見ていた観客は歓声を上げた。見事だった。牧野成勝も感心し、大林勘左衛門貞次も息子の剣術の腕前に魅せられていた。

保成は防ぎきれず、木刀をはじかれてしまった。はじかれた木刀は空高く舞い、地面に突き刺さった。その上に偶然蝶が止まった。

「貞幸殿、参った」

「それまで」

周りから感嘆の声が上がった。ここにいた者はすべて、大林勘左衛門貞幸の剣術の腕前を認めたのであった。

「これより、最後の試合とする。真木伝兵衛と大林貞幸の試合にございます」

この大会を任されていた大林勘左衛門貞次の声であった。

「貞幸よ。さすがに勝てぬだろう？」

そう言う真木は貞幸よりも体格がよい。

「真木殿、戦いとは腕だけでなく頭も使うものでございます」

貞幸は何を思ったのか、にやりと笑っていた。

「はじめ」

ついに始まった。

「そなたから、かかってまいれ」

真木は貞幸の意味ありげに笑った顔が気に食わなかったのか、少しいらだっていた。

「では」

そう言い、貞幸は真木に向かって木刀を振りかざした。

真木は木刀の軌道を読むかのごとくするりと避けた。真木は、すぐに貞幸に打ちかかった。貞幸は防ぐので精一杯に見えた。

観衆も、これはさすがに真木の勝利であると確信していた。

貞幸はどんどん後ろへ下がっていく。ついに背中が立ち木にぶつかってしまった。

「勝負あったな。どうだ。降参せぬか？」

真木はもちろんのこと、観衆は誰もがそう思っていた。

「真木殿がですか？」

貞幸は試合前と同じ顔をして、にやりとしていた。

「えっ？」

真木は貞幸の奇抜な行動に目を疑った。貞幸は木刀を真木の頭上にある木の枝に投げつけたのだった。

真木が上を向いた瞬間、蜂の大群が襲ってきた。貞幸は真木の後ろに回りこみ、落ちてきた木刀を拾ってすぐさま真木を打った。

「それまで」

一瞬、辺りが静まり返った。が、真木がおかしな格好で蜂の大群から逃げ惑う姿を見て、皆が笑った。

「おい、貞幸、卑怯だぞ」

「いやいや、真木殿、頭を使うというのはこういうことをいうのでございます」

真木は必死で蜂を振り払っていた。春の午後の陽気にふさわしく、牛窪の地は笑いに包まれていた。

「いつこのような策を考えついたのじゃ？」

蜂を振り払い、冷静になった真木が問いただした。

「今時分、春の季節ですので、蝶が大変多く舞っております。中には花の蜜を求めて蜂も舞ってくるでしょう。その跡を目で追っていったところ、あの木に入っていきました。よく見てみると巣がここから見えます。さらに今日の真木殿の服装を拝見するに、黒を基調とした服装でございます。蜂は黒いものを追う習性があります。そこで、今の力では勝てないと思い、このような作戦を考えたのでございます」

「むぅ。貞幸、参ったぞ」

さすがの真木も苦笑いするしかなかった。

こうして、この大会は貞次が予想していたとおり、大林勘左衛門貞幸が制したのであった。

牧野成勝は、このすべてを見ていた。貞幸を一色城へ呼んだ。

「先ほどの試合、見事じゃったぞ。大変面白かった」

成勝は満足した顔をしていた。

「恐れ多きことにございます」

「貞幸よ。わしに仕えてもらえぬか？」

成勝の要望に貞幸はすぐには答えられなかった。

「思うところあって、しばしご猶予を頂きとう存じます」

貞幸は今回の大会で確信したことがあった。それは、牛窪にいてはさらなる上達は見込めないということであった。

三

成三は弟の信成、成高と共に春の夕暮れを感じながら帰っていた。風が吹くと少し肌寒く感じる。

「なあ、信成、成高。父上が最後に残した言葉、託した言葉を覚えているか？」

咳が完全に収まった成三は、夕日を見ながら二人の弟に聞いていた。

「『戸田に従い無駄な死を防ぐのだ。そして時を待ち、今川殿に戸田の謀反を伝えるのだ。この古白は決して今川殿を裏切ったりしてはおらぬとお伝えせよ』と」

成三は背筋を伸ばした。

「で、兄上はどうするおつもりで？」

信成は成三の後ろを成高と共に歩いている。

「もちろん、父上のお言葉どおりにいたす」

成三は急に立ち止まり、振り返って二人に言った。

「その時期が来た」

成三は再び家路を向いて歩き始めた。

「実行するには戸田の弱点を見つけなければならぬ。それには成勝殿のお力を借りなければな」

信成と成高は父の顔を覚えてはいなかった。二人とも、父古白と接している時間があまりにも短かったからだ。

ましてや、父が今橋城に渡ってからというもの、牛窪の地に二人は共に置いていかれたからである。

たしかに、今橋城ができた直後は牛窪のほうがにぎわっていた。城下も発展しており、必要なものはすぐとはいわないまでも、ある程度用意することができた。

もし、今橋城を戸田によって包囲されることがなければ、成長した信成、成高は今橋の地に入ることができたであろう。

三人は家に着いた。牧野一門であるため、一色城からそれほど離れてはいなかった。

「明日、成勝殿にお話ししてこよう」

弟二人は同時に頷いた。

一色城の成勝の前に、成三、信成、成高が座っていた。

「成勝殿、父上から託された願いを果たしたいのでございます。お力添えしていただけませぬか？」

成勝は三人とは腹違いの兄弟であった。もちろん「父上」とは古白のことである。

「ちょうどよかった。わしもそなたたちに話をしようと思っておったところだ」

「というのは、いかなることで？」

成三にとっては意外であった。

「わしが放った密偵によると、戸田と今川殿が関係を深めておるが、戸田は松平と交誼を結び、時々今川殿の命に背いているようじゃ」

外に漏れぬよう、成勝は小声で話した。

「この牛窪もだいぶ力がつき落ち着いてきた。今なら今川殿に対等に話を聞き入れてもらえるかもしれぬ」

ここ十年、牛窪の地に大きな戦はなかったからである。

「なぜ、裏切った今川に付き従わねばならぬのだ！」

田兵衛が口火を切った。その場は静かになった。静かというより、あっけにとられたようであった。

「わしは戸田のことを好かぬが、考えは賛成するぞ。今では今川よりも松平殿の勢力のほうが上を行っておるではないか。強い者に味方するのがもっともだと思う」

「田兵衛！　黙らぬか！」

成勝は怒鳴った。

「言ってよいことと、悪いことの区別もつかぬのか」

さすがの成勝もこのことについては厳しく注意をした。

信成、成高は、腹違いの弟をにらみつけていた。

「弟の田兵衛は昨日の試合に出られず、不機嫌になっておるのだ。案ずることなかれ」

成勝は驚いている成三に軽く一礼した。


翌年、三人はそろって今川氏親を訪ねるのであった。古白の子であると言うと、何とか拝謁することができた。

「予は忙しいから手短に話せ」

「はい」

三人は氏親の前にひれ伏している。氏親はまだ牧野に対して不信感を持っているようであった。

「この伝左衛門成三、戸田方に今橋城を囲まれた際、父古白と共に、城内に立てこもっておりました。この成三、体が弱く熱を出してばかりおりました。しかし、父はわたくしを一人だけ外へ逃がしてくださいました」

それまで全く聞く態度を持っていなかった氏親は、急に興味を持ち始めた。

「あの城から逃げたじゃと？　戸田からは、ねずみ一匹通せぬくらい周りを囲んだと聞いておったが。そのようなことがあったとは……」

「亡父から遺言を受けております。牧野古白、決して今川様に背くことなどしておりませぬ。これは戸田の謀略かと思われます」

「しかしなあ、戸田は牧野が謀略を企てておると言っておったぞ」

「それはございませぬ。確かに、当時牧野一族の力は東三河の諸族も従えるようになっておりました。しかし、それは今川様に尽くすためでした。おそらく、戸田が我らを妬んで謀ったことにございましょう。攻め入る前に父古白と話し合いをいたしたでしょうか？」

「いや、しておらぬ。じゃが、まだ信じられぬわ」

少しであるが、氏親の気持ちは牧野に傾きかけていた。

「伝次信成にございます。戸田は今、松平と通じているということをご存じでしょうか？」

「噂には聞いておる」

「伝三成高にございます。最近、戸田は今川殿に忠実でございますでしょうか？」

「二、三度ほど、要求に背くことがあったが、そのあとすぐに理由をつけ謝罪の意を示しに参った」

氏親は自らそのことを告げて、戸田に疑惑を抱くことになった。

「とにかく、今日はこれまでじゃ。予は忙しい。帰るがよい」

「ははっ」

三人はもう何も言えなかった。氏親はまだ戸田を信じているようであった。これ以上、牧野が考えつく策はなかった。

しぶしぶと三人はその場から去ろうとした。そのとき、三人が向かっている襖《ふすま》が開いた。

「殿、お話がございます」

今川氏親に仕える従者であった。

「何事じゃ」

従者は耳元まで駆け寄り、何かをつぶやいた。その姿を成三はどこかで見た記憶があった。しかし思い違いだろうと思い、三人がその部屋から消えようとしたときであった。

「成三といったな？　そなた、古白の今橋城は欲しくないか？」

氏親は珍しく大きな声を出した。

肩を落としていた成三の背筋が急に伸び、再び今川氏親の前に膝をついた。


三人はある人物を連れて牛窪の一色城へ戻ってきた。その者を外へ待たせ、先ほどの今川との対談について成勝に話し始めた。

「成勝殿、今川殿に父上の潔白を訴えてまいりました」

「どうであったか？」

三人を代表して成三が答えた。

「初めは聞くそぶりすら見せてくださいませんでした。しかし、話を進めていくと徐々に話を聞いてくださるようになりました」

「さようであったか。やはり、成三に行かせてよかった。わしが行ったとしてもなかなか聞き入れてもらえぬでな。今橋城での戦で一色城主として加担したからなおのことじゃ。今橋城から脱出したそなたにしかできぬことよ。して、今川殿は父上の身の潔白を受け入れてくださったか？」

成勝が言い終わる頃、田兵衛成敏が入ってきて成勝のそばに腰を下ろした。信成はその姿を見てにらみつけたまま話を始めた。

「はっ。それが……。しっかりと潔白を申したところ、今川殿は用があるということで帰されそうになりました」

「むっ。それで、帰ってきたと申すか？」

「やはり、今川とはもう無理なのじゃ。これからは松平殿についたほうがいいじゃろう。無駄じゃ無駄じゃ、やめいやめい」

成勝が言い終わる前に、田兵衛成敏が不快なものを吐き出すように、その部屋に言葉を吐き捨てた。

「おい。成敏、出ていくがよい。口が過ぎるぞ」

そう、成勝が叱咤しようとしたとき、

「成敏殿、それは違います。帰ろうとしたときでした。今川殿の従者が駆け込んで、今川殿に耳打ちをしたのでございます。そして、この三人が呼び止められました」

信成は、先ほど口を挟んだ成敏を冷静ににらみつけている。

「そのときに入った伝言が、『戸田が再び今川家の命に背き、松平方の命に付き従っている』という確かな証拠があるとのことでした。今川殿は詳しく教えてくれなかったものの、明らかに戸田とすっぱりと縁を切ったような口調でありました」

「ははあ。それで、どうなったのじゃ」

成勝は身を乗り出して聞いている。成敏はにらんできている信成から目線をはずし、畳のふちを眺めていた。

今度は成三が、成勝の目を見ながら言った。

「『成三よ、今橋城は欲しくないか？』と今川殿がお聞きなさいました」

「ほう。あの今橋城を？」

「さようにございます。今川殿は牧野の後ろ盾をしてくださるとのことです。父上に申し訳なかったとも言っておられた。そして、その従者を今橋城攻略のために遣わしていただいたのです」

成三はその者を外から招き入れた。

「お久しぶりでございます」

成勝は目を見開いた。そこに現れたのは、古白と共に死んだと思われていた野瀬信景であった。

「野瀬殿。どうして……父上と共に討ち死にしたのではなかったのか。生きておられたか。野瀬殿は生きておられた」

成勝は喜びのあまり野瀬の手をとり、生きていることを確認した。まるで我が身のことのようであった。

「なぜ、野瀬殿は生きておられる。あの今橋城内で一体何が起きていたのだ」

成勝は元の座へ戻った。

「あの日、城外で戸田の軍勢を迎え討ちました。しかし、戸田の勢いがすさまじく、次々と討ち取られていったのです。わたくしも懸命に防いだのですが、乗っていた馬が斬られて振り落とされてしまったのです」

成勝は何もできなかったあの日の悔しさを思い出しながら、黙って野瀬の話に耳を傾けていた。

「馬から振り落とされたとき、もう終わりだと思いました。切られると覚悟したとき、『その者は生け捕りにせよ』という声が聞こえ、縄を打たれ捕らえられました。戸田はわたくしが将軍家の番衆であることを知っていたのでしょう。策として使うために捕らえたようです」

野瀬は当時のことを思い出していた。

「だから、野瀬殿の遺体が帰ってこなんだのか。その後、どうなったのだ」

成勝は納得しつつ、さらにその先が気になるようであった。

「捕らえられたわたくしは、すぐに今川殿のもとへ送られました。わたくしを殺してしまうと今川殿と将軍家に面目ないとでも思ったのでしょうか。おそらく、わたくしを生かして駿河へ送ることで、今川殿に戸田の人情を見せたかったのでしょう。わたくしはそのように思いました」

成勝は頷いて聞いていたが、疑問がわいた。

「今川殿のもとへ野瀬殿が送られたということは、潔白を晴らす絶好の機会ではありませぬか」

「はっ。そのとおりですが、今川殿は戸田の人情を信じておりまして、いくら申しても聞く耳を持ちませんでした。そこで仕方なく再び今川殿のもとで働き、戸田の綻びが見えるのをじっと待っておったのです。その綻びを確認し、今川殿へ報告しに行ったとき、驚きました。あの伝左衛門殿がいらっしゃったのですから」

野瀬は成三を見て笑った。

「伝左衛門殿、大きくなられましたな」

大きく頷いて笑い返した。成三は野瀬の続きを話した。

「この野瀬殿が、今川方から今橋城攻略のために遣していただいた方にございます」

成勝の目に涙が浮かんでいた。あまりにも心強い味方が現れ、心動かされたのであった。

「野瀬殿、野瀬殿には確かまだ見ておらぬ子、一郎殿が牛窪におられますぞ。すぐにでも顔を見とうござろう」

「もちろん、この日を楽しみにしておりました。我が子の顔を見たいがため、戸田の策略を暴くのに必死でございました。このまま戸田を放置しておけば、いずれ牛窪の方々も策として利用されることになりましょう。なんとしてでも、今橋城は取り戻す必要があります」

そして野瀬は、今橋城奪回の策を話し始めるのだった。

成敏だけは、面白くなさそうにその部屋から出て行ってしまった。

「つまり、今橋城の戸田を追い払うということであるか。憲光も今川殿が後ろについていると知れば、そこまで抵抗せぬだろう。いつ、今橋城に攻め入るのか聞いておるか?」

「はっ。まず今川殿より戸田に今橋城を明け渡すよう書状が送られるとのこと。そして二、三日以内に応じなければ、今川殿の兵と牧野の兵で打ち崩すとのことです」

「そうか、さすがの戸田も身を引くだろう」

成勝は昔を思い出していた。古白が籠城している今橋城を、指をくわえて外から見ることしかできなかった。外からの攻撃をしたが、壁が厚く力が及ばなかったことが苦い思い出として蘇ってきて胸が熱くなった。

「無事、今橋城が手に入ったならば、成三を城主としよう」

「はっ。ありがたきことにございます」

「誰よりも今橋城に思い入れがござろう」

成勝が今橋城に行かない理由は簡単であった。父古白を助けられなかったことを一番悔やんでいたのが成勝であったからだ。今橋城を見ると、どうしても古白を思い出してしまう。それを思って、成三に託したのであった。

「野瀬殿も成三を補佐していただけるとありがたい」

野瀬は当然のように頷いた。

一色城を出た野瀬は、その足ですぐに妻と子のもとへ向かった。今まで目と鼻の先にあったのに、何も行動できなかった己を悔やむと同時に、生きて帰ってこられたことに感謝していた。

夫を見た妻は、驚きとうれしさで泣き崩れた。死んだものと思っていた夫が生きて戻ってきたのだ。子の野瀬一郎は初めて父の姿を見て、照れ隠しなのか母の後ろに回った。

一郎はもうすぐ元服となる。信景は正しく生きてもらいたいという想いを込め、正の字を入れ正信とした。古白と出会ったときの若かりし信景と風貌が同じようであった。

四

今橋城。戸田宣成は今川からの書状を手にしていた。戸田憲光はすでに他界している。

「なんだと。この今橋城を明け渡せだと？」

横にいた従者に向かってどなっていた。

「父上から譲り受けたこの地、渡すわけがなかろうが」

奥歯をぐっと噛み締めていた。

「しかし、宣成様……。今川殿が攻めてきたらどうするおつもりでしょうか？」

「かまわぬ。嘘であろう。今川はわしらの力を必要としておるはず。少しぐらい背いたとしても、牧野のほうにつくわけがなかろう」

そう言いながらも、宣成は少し不安であった。

「兄上にどうしたらよいか聞いてまいれ」

従者はもともと宣成の兄政光の従者であった。政治手腕には長けていた。政光も実はこの従者に意見を聞くことが多かったのであった。

「宣成様、一応お聞きしてまいりますが、ここはいったん田原城に退いたほうがよいかと思います。もし、ここで今川に歯向かったら、徹底的に戸田一族は叩かれるかもしれませぬ。松平殿も今の今川へ攻め込むことはないでしょう」

宣成は苦い顔をしていた。苦い顔をしていたが、まだ動く気はなかった。

知らせは三日後、一色城へ届いた。宣成は今橋城に立てこもっているとの情報だった。

「戸田は今川殿の命に背いたのだな」

成勝はあきれていた。

「成勝殿、いかがなされましょう。出陣いたしますか？」

「まあ、しばらく待て。今川殿から出陣命令の書状が参るであろう」

成三と成勝が話をしていると、その書状が届いた。出陣せよとのことであった。

「成勝殿、家臣一同を集めましょうか？」

「さようであるな。久しぶりに大きな戦になりそうな気配がする」

成勝は古白の籠城を思い出していた。あの時の戦は一カ月以上も続いた。そのため、このたびの戦も長引くと感じたのであろう。

家臣を居間に集めた。牧野、稲垣、真木、大林、山本、野瀬らであった。あの時と同じような光景であるが、情勢は異なっている。

「これより、今橋城の戸田へ攻め入る。この戦は今川殿が背後についておられる。必ずや戸田は降伏するであろう。直ちに準備をせよ。野瀬殿は今橋城のことを熟知しておるゆえ、野瀬殿の指示に従うがよい」

隊をそろえ、今橋へ向かった。今橋城へ着くと、すでに今川の兵が城の周りを取り囲んでいた。

この戦は、大林貞幸にとって初めての出陣であった。まだ、完全に仕える身にはなっていないものの、戦の見学として後ろのほうでひっそりと様子を見ていた。

「今橋城か。この城は簡単に兵糧攻めの標的にされやすい構造をしておる」

貞幸は城を遠くから見てそう言った。

「なぜ分かるのです?」

そばにいた牧野田兵衛成敏が、不思議そうに尋ねる。

「この地は確かに拠点としては便利な地じゃ。しかし、これほど平坦な地形をそのまま活用しているとなると、周りを囲まれやすくなってしまう。今橋城の後ろを流れている川から兵糧などを入れようとしても、対岸から食い止められたら終わりじゃ。それほど人手も要らぬであろう」

貞幸が言うにはそういうことであった。武術を学ぶとともに書物を読みふけり、城郭についても研究し始めていたときのことであった。今橋城のことを知っている野瀬信景以上に、城について詳しくなっていた。

「貞幸殿は、なかなか面白いことを言う」

成敏は貞幸の鋭さに興味を持ち始めた。

成敏はもともと成勝や成三らと意見が食い違うことが多かった。それは成勝や成三が今川の肩を持ち、成敏が松平の肩を持ったことから始まっていた。成敏は時代の変革に気がつき始めていた。このような考えを持つ者は、牧野家でただ一人であった。

今橋城では、戸田宣成が兄政光からの意見を待っていた。

「このままでは攻撃を仕掛けられてしまいます」

宣成の家臣が言う。

「おのれ今川！　本当に兵を出してきおったか」

宣成は予想外のことに驚いていた。

「周囲を完全に押さえられたな。従者が戻ってこれぬではないか」

頭を抱えていた。

「殿、いかがなされます。攻撃を仕掛けますか？」

宣成は目をつぶって考えていた。兄のもとへ走らせる前に従者が言っていたことを思い出した。そして、決断をした。

「ここはいったん、今橋城を明け渡そうぞ。全軍に田原へ戻るように伝えよ」

こうして宣成は、無血にて今橋城を明け渡したのであった。

今川と牧野が今橋城を囲んで数刻のことだった。あっけなく戸田は降参し、城から姿を消したのだった。

「どういうことじゃ？」

成勝と成三は不思議に感じていた。

「戸田は今川が本当に攻め入ってくるとは考えていなかったのでしょうか?」

信成は核心をとらえていた。

「そうかもしれませぬな。今川殿なら何でも許すと勝手に思い込んでおったのであろう。戸田の思い過ごしじゃな」

稲垣がそう言った。

「牧野成三殿はおりませぬか?」

今川の兵に呼ばれた。

「わしが成三だ」

「今川氏親様より伝言がございます」

「なんであるか。申してみよ」

「はっ。今橋城の落城後、牧野伝左衛門成三殿を城主とする、とのことでございます」

「さようであるか。謹んでお受けいたす。今川様にありがたきこととお伝え申し上げくだされ」

成三は十数年前の出来事を思い浮かべながら今橋城を見上げていた。

牧野成三、信成、成高を残して、成勝は一色城へ帰っていった。

あっという間の出来事だったので、家に残された妻たちは不思議がった。無事に帰ってきたのはうれしかったが、いつもの戦と何かが違ったと感づいていた。中には戦などなかったと言い張る者もいた。

再び、牛窪の地が安住の地になった。成勝は民部丞《みんぶのじょう》を通称した。

五

田原へ逃げ帰った金七郎宣成は、兄政光と話し合いをしていた。

「兄上、いかがいたしましょう」

今橋から逃げてきた宣成は困り果てている。

「やはり、今川勢は手ごわいということか」

政光はしぶい顔をしていた。従者が戻ってきた。

「あっ、宣成様、正しい選択をなさいましたな。憲光様もご存命の折、このようなときは今橋から退いたほうがよろしいと申しておりました。今橋へ戻ったときには牧野の兵が城の内外を固めていて肝を冷やしましたぞ」

「ご苦労であった」

宣成はさりげなく言った。

「しかし、このまま牧野や今川の言いなりになっていたら、いずれこの田原まで攻め込まれるのではないだろうか?」

政光は不安そうに、この地の行く末を心配していた。

「兄上の言うとおりじゃ。この田原まで攻め入られることだけは、何としても避けなければなりますまい。我らも生きねばならぬ」

「では、今橋城と対抗させて、田原防衛のために大崎城を築城いたしましょう」

宣成は政光の意見を瞬時に取り入れた。

こうして、今橋城から退いた宣成は、田原防衛のために大崎城を築いた。

政光には子供がいた。祖父のことを想い、宗光と名付けていた。政光は、祖父への想いが強かった。田原の地を何とか守りたいという一心であった。


今川氏親は、いまだ入り乱れている東三河の統一を監視する目的として、多米《ため》峠の東の岬に宇津山《うづやま》城を築城した。

三河と遠江の国境の城として重要な役割を担うため、今川譜代の重臣朝比奈紀伊守泰満を城主としたのであった。

新たなる緊張が空を切り裂くのである。

一族の行方

一

今橋城へ移った牧野伝左衛門成三は、急に持病が悪化した。幼き頃から病弱であり、それが今でも続いていたのだった。

傍にいた野瀬信景が補佐し、看病をするも成三の体調は良くならなかった。

そこで信景は成三との相談の上、城主を代えることにしたのだった。

「信成よ。そなたに今橋城を託す。わしが死んだ時は頼むぞ」

あまりにも容態が良くなかった成三は弟の信成を呼び、今橋城を譲ったのであった。

「兄上、この信成が兄上の志を継いで立派な今橋城主となります。兄上も体に負担がかからぬほどに後ろ盾していただけるとありがたきことに思います」

兄成三から城を譲り受けた信成は、今橋城という名をすぐに改名した。気持ちを一新するためであった。

「今日より、この今橋城を吉田城と改める」

城下の者を集めてこのように宣言した。

その頃、牧野に属する者は吉田城と呼び、牧野に属さない者は今橋城と呼んでいた。この城の呼び方によって牧野に対する忠誠心が浮き彫りになるのであった。

吉田城の信成は一色城の成勝を呼んだ。

「成勝殿、一色城はいかがでございましょう？」

「信成殿、城内のことは変わりないが、城自体が少し古びてきているようだ」

「しばらく、吉田城内のことで一色城へ行くことができませなんだからな」

その頃の牧野の中心人物は自然と信成に代わっていた。今橋城の改名が功を奏し、注目を浴びていたのだ。もともと、成勝は物事を避けて通る性があった。それが家臣を不安にさせ、ずばずばと物事を決めていく信成に心を寄せていくのであった。成勝の兄能成に期待を寄せる者もいたのだが、古白死後、隠居するがごとく表に出てくることはなかった。

「一色城は古くなる一方。そろそろ新しく築城したほうがよいのではありませんか？」

「うむ。一色城は何度も修築しておるが、考えればもう五十年以上も経っておる。築城とはよい考えかもしれぬな」

「それならば話を進めましょう。普請奉行は成勝殿ということでいかがでござりますか」

「うむ、それがよい。わし自ら差配するとしよう」

信成は成勝には敬意を払って話をしていた。成勝は築城に関しては内心不安を抱えていたが、新城の普請奉行を務めることになったのであった。

築城を開始した頃、今川から思いもよらぬ訃報が届けられた。

「今川氏親様がお亡くなりになったそうだ」

その情報は瞬く間に広まった。追い討ちをかけるように、今川の行く末の不安や動揺が打ち寄せてきた。

この不安に飛びついたのは牧野田兵衛成敏であった。

（やはり、今川はもう終わりよ。わしは松平殿に付き従う）

今川氏親の死をきっかけに、牧野家から縁を切ろうと考えていた。

腹違いの兄弟に付き従い、何も行動を起こさない兄弟である兄二人、能成と成勝に対しても成敏は腹の奥底で不満がたまっていた。二人と意見がぶつかり合ったことがこの状況の根本にあった。

その本音が側近を介して今橋城の信成の耳に届いてしまった。

以前から、信成と成敏との仲はあまりよくなかった。信成は怒り、ついに成敏を追放したのだった。

追放された成敏は、宝飯郡正岡に住むようになった。そしていつから、どのように松平とつながっていたのかは成敏のみ知り得ることである。

その頃、松平家では七代清康が家督を継いでいた。西三河はほぼ松平清康の手中にあった。

松平は東への領土拡大のため、成敏を上手く引き込んだ。

成敏は牧野家の中で一人浮いた存在になっていった。だが実兄である成勝だけは田兵衛成敏のことを見捨てず、ことあるごとに体を気遣い、連絡を取り合っていたようであった。


一色城の成勝は築城を開始するとともに、大林貞幸の仕官について考えていた。

「貞幸よ。田兵衛から話を聞いたぞ。城を見て弱点を見抜いたそうだな。それは本当か？」

「はい。まだまだ未熟ながらも、見抜こうと努力はしております」

「そうであったか、気に入った。ところで、以前に申しておいた牧野家に仕えること、考えてくれたか？」

あの剣術の試合があった日以降、成勝はしきりに貞幸に仕官するよう勧めていた。そして今日、大林親子は返答を伝えに一色城に出向いていたのであった。


あの剣術の試合の夜、大林家で話し合いが行われていた。

「父上、この貞幸、このまま成勝殿に仕えても、自分の力を存分に鍛えて試すことができそうにありませぬ。一時修行の機会をお与えくださりませぬか？」

貞幸は、貞次とお菊と面と向かって話し合うのは初めてであった。ここまで熱心な貞幸の姿も珍しい。

「貞幸や、貞次様とこの菊の養子になったということは、成勝様に付き従うということを意味しているのですよ」

お菊は不安げに貞幸や貞次を見つめていた。

「母上、父上、それは十分承知していることにございます。いずれ成勝殿に仕官するつもりでございます。しかし、今はどうしても自分の力を鍛えたいのです。まだまだ、世の中には強者がたくさんいると聞いております。それらの者からさまざまなことを教わりたいのです。そうすることで、成勝殿のお役にも立ちましょうぞ」

貞幸は一点を見つめて淡々と語った。

貞次は口をへの字に曲げていた。貞幸にはその表情では許しは得られないと感じていた。

「貞幸、そなたもまだ若いからな。今までそなたの武芸を見てきたが、まだまだ上達するだろう。修行したいという気持ちになるのも当然。

……分かった。元気に過ごし、一日も早く帰ってくることをお菊と共に待っておる。明日、共に成勝殿へその旨を言上しよう」

貞次は、口惜しいながらもそのように答えた。

お菊は驚いた顔をしていた。涙を隠すために後ろを向いた。せっかく手に入れた幸せを手放すことになろうとは考えもしなかったのだろう。子ができず、養子として迎えた貞幸と共に過ごした日々、実の子のように接してきただけあって、お菊にとってはつらい一日であった。

「父上、ありがたきことにございます。今日より、大林勘左衛門貞幸、父上の『勘』の字を頂戴申し上げ、大林勘助と名乗らせていただきます。この私がこの地へ参ったとき、父上は実父の名を忘れぬよう貞幸と付けてくださった。今度は父上の名を忘れぬよう……」

勘助は言い終わる前に泣き崩れた。それを見ていたお菊の頬に涙が伝って落ちていった。月の光が反射していた。貞次も目に涙を溜めていた。

「これ、勘助、泣くでない。一生会えぬというわけではないのだ。そなたが一番分かっておろう。必ず生きて帰ってまいれ」

貞次にも、うすうす分かっていたことであった。放浪するということは、いつどこで斬られてもおかしくはなかった。敵味方もないため、万が一、戦の中に紛れ込んでしまったら命はないも同然であった。

その日、三人は月明かりの下で、勘助がやってきてからの出来事を語り合っていた。もう十年の歳月が過ぎようとしていた。勘助二十五歳のことである。

「成勝殿、かような次第にございます」

貞次は、勘助がすべて話し終わるのを待っていた。

「貞次よ。そなたはそれで構わぬのか？」

成勝が問いただした。

「はっ。わたしは心得ていることにございます。しかし、成勝殿には何と申し上げてよいのかいまだに分かっておりませぬ。勘助のためにも、もっと上の武術を学ばせたいのでございます。勘助が申しておりますように、いつか成勝殿のお役に立てるものと……」

貞次は成勝へ必死に願い出た。養子である息子の必死の願いであったため、同じく必死にならざるを得なかった。

「さようであるか」

成勝は急に立ち上がり、襖を開けた。見晴らしのいい町並みが広がっていた。牛窪の地も整備されてきていた。

「わしは、この先にある長山に新しい城を築城しておる。吉田城の信成殿とも話し合ってのことじゃ。いずれ立派な城が建つであろう」

成勝はひれ伏している勘助のほうを見た。

「そなたが無事戻ってきた暁には、どうか牧野のために働いてほしい」

珍しく一礼した。

「恐れ多きこと。ありがたきお言葉、肝に銘じまする」

勘助は丁寧に礼を言い、貞次と共に帰って行った。

「残念なことよのう」

大林親子が帰ってから、成勝は「ならぬ」と言えなかったことに腹を立てていた。その優しさが成勝の長所でもあり、短所でもあった。

大林勘助は、その日、牛窪の地をあとにした。

稲垣重賢には次男氏連が生まれていた。古白の時分から牧野家の補佐として重い役を担っているのは稲垣家である。周りの家臣もめでたく思った。

さらに、成種の子保成に子ができた。のちの成元である。

二

長山に城が完成した。

「立派なものじゃ。一色城とは比べものにならぬほどの大きな城ができましたな」

珍しく吉田城から信成が来ていた。二人は外から城を眺めていた。

「なかなかの出来栄えじゃろう」

「成勝殿、この城の名はいかがいたしましょう」

「父上がここらの地を牛窪と改名しなさった。そこで牛窪城としてはどうだろう」

成勝は木の棒を拾い上げ、地面に字を書き始めた。

「よい名であるな。牛窪か……。うむ？　字を改めませぬか。ここは万葉書の『牛久保』

としてはいかがでしょうか。『久しく保つ』、この地が長く続くように願いを込め」

信成は成勝の文字の横に並べて書いた。二つの〝うしくぼ〟が並んだ。

「信成殿、牛久保城……。良い名であるな。すばらしい。今日より、この城は牛久保城となるのじゃな」

「ところで、城主は成勝殿でよろしゅうございますな」

「いや、わしはもう退きたい。補佐として働こう」

成勝はだんだん己のことが分かってきたのであった。優しさが邪魔をして、城主としての責任を全うできないということに気がつき始めていた。成勝は兄の能成がなぜ表へ出てこないのか理由が分かった気がした。

「では、牛久保城主は誰にしたらよいのでしょう」

信成は、当然成勝が城主になるものと思っていたので、退くとは予想だにしていなかった。これは困ったことになってしまったと牛久保城を眺めていた。

「牧野田三郎保成殿。牧野成種殿のお子を牛久保城主にしたらどうかとわしは考えておりまする」

保成は指導者としても長けており、鋭いことを的確に言うところがあった。わがままを言わず、真っ直ぐであった。そんなところに成勝は心を惹かれ、この牛久保城を任せたいという気になったのであった。保成には貞成という右腕となる弟がいるため、城主として力を発揮できると考えたのだ。さらに、成種と成勝は歳もさほど離れておらず、瀬木城の頃から親しくしていた。

「保成殿は見るからにしっかりしておられますからな。適任でございましょう」

信成は保成に頼もしい印象は持っていた。さらに成勝が推すほどの人であるならと、成勝の考えに任せることにした。


成勝は成種と田三郎保成を、築城したばかりの牛久保へ呼んだ。

「成勝殿、立派な城が完成いたしましたな。この城ならば守りも堅く、威勢も存在感がありますぞ」

成種はじっくりと城を観察している。保成も黙って隅々まで城を眺めていた。二人の仕種からは、似た親子だということが分かる。

「成種殿、この牛久保城を、保成殿に任せたいと考えておる」

辺りを眺めていた成種は驚いた。

「今、なんと？」

「牛久保城主を牧野田三郎保成とする、と申したのじゃ」

今度は保成が驚いた顔をした。

成種は不思議に思って尋ねた。

「成勝殿、どうしてこの田三郎のような者に……」

驚きのあまり唇が震えていた。

「何か不満でもあるのかな？」

「いや、滅相もない、突然のことに驚いているのでございます。そのような大役が務まるかどうか……」

驚いて戸惑っている成種に比べると、保成はもう落ち着きを取り戻していた。

「保成殿を以前から見ていると、城主の器であることが分かった。ただそれだけじゃ」

「成勝殿、それがしに城主など恐れ多きこと。それがしのような者が牛久保城主となっては、周囲に不満が出るのではないでしょうか？」

保成はそういうところまで考えて行動をしている。成勝はそういうところが気に入ったのであった。

「保成殿。牧野家にとって、そなたはお手本のようなお方じゃ。この牛久保城からこの地を栄えさせてもらいたい。よろしく頼みますぞ」

成勝は保成の肩に手をのせた。保成は拒否することもできず、平身低頭してその任務を引き受けた。

「それでは成勝殿はどうするおつもりですか？　一色城は取り壊す予定でしたが、それはそのまま残すということでしょうか？」

「いや、残しはせぬ。一色城は壊し、わしもこの牛久保城へ移る。保成殿の補佐として動くつもりじゃ。わしはそろそろ退いたほうが良いと思ってな。そなたの弟貞成殿もおられるではないか」

成種はそれ以上問うことはなかった。

成勝、成種、保成、貞成らの牧野一族はその日から一色城より牛久保城へ移り、城主保成を筆頭として牛久保の地を統治していくのであった。

保成の牛久保城主就任を記念して、城下の者を集めて宴が行われた。

その様子は、古白が今橋城完成の際に催した宴と同様の盛り上がりを見せた。

領民たちの中には当時を思い出す者もあり、新城主の計らいにいたく感激して、心地よく酔いに身を任せたのだった。

三

一色城から牛久保城へ皆が移り、その生活に慣れ始めた頃、吉田城に異変が起こった。

異変は常に平穏な生活を突き破ってやってくる。こちらの状態を待たずしてやってくるのである。

「松平がここへ攻め入ると？　その報せは確かであるか？」

信成の従者の一人が息を切らせて飛び込んできたのだった。これほどまでに慌てて報告に来るのも珍しい。

「至急、皆の者を集めよ」

それは、松平清康が叔父の松平信定と共に、三千の兵を率いて吉田城に向かっているという報せであった。

従者によると、もうすぐ近くまで来ているという。いよいよ松平清康は東に進出してきたのだった。

信成は兄成三のもとへ意見を求めに走った。成三は信成に城を譲り渡した日から、城内の片隅で養生していたのだった。

「兄上、大変なことが起きております」

「何事じゃ」

体調が良くなかったため横になっていた。重い体を持ち上げ、信成と向かい合った。

「松平清康の兵がこちらに向かって進んでいるとのことでございます」

額に汗を流しながら報告した。

あくびをしていた成三の動きが急に止まった。表情からうろたえているのが分かる。

「ここへ向かっているだと？」

急に顔から血の気が引き、青ざめた表情に変わった。さっきまで熱で顔を赤らめていたことが嘘のようであった。

「兄上、いかがいたしましょう。このまま立てこもって戦うべきでしょうか？」

「……いや、……父上のときといい、戸田のときといい、籠城して勝ったためしがない」

今橋城を築城してから、この城での今までの二回の戦ともに成三が関わっていた。この城のことは知り尽くしていた。このまま城の中にいても、何も利がないということを十分知っていたのであった。

「籠城して、半月持ちこたえれば今川殿が助けに来てくれるかもしれぬが、以前のように手のひらを返される可能性がある。すべてを信じることはもはやできないであろう」

「では、やはり……城から出て戦うべきということでしょうか」

「おそらく……。そのほうが良いだろう。万が一、松平に追われたとしても、籠城して攻め入られるより、城外で戦い、その上で追われたほうが牧野の面目が立つだろう。いまだに今橋城と呼んでおる者に、吉田城と呼ばせるためにはそれしかあるまい。これを機に牧野の勢いを知らしめるのだ」

成三の心の奥底では、松平の勢いに負けるのではないかという疑心が沸き立っていた。ただ気力だけは負けまいと必死で奮い立たせているのであった。もし、成三が病弱でなければ、必ず城主として信成以上の指揮能力を見せつけていただろう。

「兄上……」

信成も兄成三が威勢を張っているということは見抜いていた。

成三はふらつく体で立ち上がり、家紋である三ツ柏が印された鎧《よろい》をまとった。若宮殿で父が家紋と定めて以来、牧野の所有物すべてに家紋が入れられるのであった。

「行く気でございますか？」

信成は驚きのあまり飛び上がった。行く気というよりも死ぬ気に近いように思えた。

そのとき、野瀬信景も事態を聞きつけ駆けてきた。信景の額から汗が流れていた。

「成三殿、犬死にするおつもりですか。今しばらくとどまって今川殿を待ちましょうぞ」

「いやじゃ。ここで行かずして、いつ行くのじゃ。わしの体もこのように病気によってぼろぼろになっておる。毎日のように熱にやられているのはうんざりじゃ。最後くらいは牧野の名に恥じぬような闘いぶりを見せたい」

成三は病弱であることを情けなく感じているが、信成はそうは思っていなかった。

「兄上、あの試合を思い出しますなあ。今の兄上にもわたくしめは勝てませぬ」

本心からそう思った。頭を深く下げ、家臣が集まっている居間へ戻っていった。

野瀬は、成三の覇気が古白のそれと酷似しているのを感じていた。いや、成三の後ろに古白の姿が映っていたのだった。

家臣一同、すでにずらりと集まっている。従者は牛久保城にも松平が来ていることを知らせに走って、もう戻ってきていた。

「牛久保城主、牧野田三郎保成殿に伝えてまいりました。すぐに向かうと申しておられました」

「ご苦労であった」

従者に一言だけ言うと、家臣たちとこの戦について議論をぶつけ始めた。牛久保城から救援が来るとなれば、勝算が少し見えてきた。

「ここは籠城策で今川殿を待ちましょうぞ」

大勢の家臣がいたため誰が言ったのか特定できなかったが、多くの者がその意見に賛同していた。

「いや、今川殿を当てにすることはできまい。松平は三千の兵を率いているらしい。周囲を固められ、一度に攻められたら一巻の終わりじゃ。もし、半月持ちこたえたとしても、今川殿が来るという確実な保証はない。それに、いつも今川殿の助けを求めていたらどう思われるか、考えてみよ」

信成は兄の代わりに厳しく家臣の心のうちへ訴えかけた。

全体の顔を眺めてみると、もはや誰の顔にも不安の影は見当たらなかった。逆に力がみなぎっているような顔つきをしている。

兄のもとへ走っていったときの戸惑う信成は、そこにはもういなかった。

皆も本心では逃げ出したい気持ちでいっぱいだったはずだ。しかし、信成の一喝により皆の心は一つにまとまり始めていた。悲しい乱世での唯一の強い部分だと成三は思った。

信成は話し始めた。

「そう、城の外で戦うのじゃ。そして、この吉田城を守り通すのじゃ。松平の兵は大軍であるが、大軍がゆえに弱点も多いはず。勝てぬこともない。死力を尽くして戦うのじゃ。それ以外の策はないと思え」

皆の喚声《かんせい》が響き渡った。青空を突き破る声が吉田城より轟《とどろ》いたのである。

多くの者は城で今川の援護を待つことは考えていなかったらしい。城の外へ出るということは一か八かの賭けであった。城の外へ出れば動きやすくなるうえ、隊が分割できる。しかし、小隊になればなるほど狙われる確率が高くなる。

それでも家臣らは、松平が攻めてくるのを黙って待つようなことはしたくないらしい。なんとか阻止しようという粘り強さを兼ね備えていた。

これは成三の生き方に深く感激したためである。普段の成三は病弱であるが、吉田城を陰で支えていた。その姿に家臣らは影響を受けていたのだった。

「やはり、兄上は凄いお方じゃ……表に出てこぬところで家臣の心をつかんでおられる」

信成は、誰にも聞き取れないような小声で言った。

城主としての威厳を保つために、決してこのようなことは今まで大きな声では言わなかった。弱音を家臣に見せないという点では、信成は優れた城主であったのかもしれない。

「牛久保城から、じきに加勢が来るじゃろう。櫓《やぐら》の立ち並ぶ川下へ参るぞ」

吉田城より川下では、大雨になると川の水が氾濫する。そのため、櫓の数が他の地とは桁外れに多くなっている。

信成は、その一段高くなった櫓を利用して、戦に挑もうとしたのであった。

四

牛久保城から牧野保成、牧野貞成、牧野成勝、牧野成種らが救援に駆けつけていた。

「松平の兵はすぐ近くまで迫っております」

牧野保成は情報を得ながら、信成の陣へ歩み寄ってきた。

「一気に片づけるぞ。皆の者、攻撃の準備をせよ」

緊張が走っていた。春と夏の間の蒸し暑い時期であった。辺り一面、雲で覆われていた。

ここで大雨が降れば、櫓に上っている牧野の軍に有利に働くはずだった。雨が降り、川が氾濫してしまえば、土がぬかるんで松平の兵は身動きが取れなくなる。そこを狙い撃ちすれば勝機は牧野にあった。

しかし、雨は牧野の思うように扱える代物ではない。それは天のみぞ知るところであった。

松平の兵がだんだんと近づいてくるのが分かった。

「弓を射よー！」

信成が櫓に上っている弓衆に向かって叫んだ。これ以上近づくなという意味の警告代わりであった。

弓は松平の先陣の目の前に突き刺さった。だが、松平の軍は動じることなく突き進んできた。

「いけー！」

櫓に上っていない歩兵や騎馬隊が突撃を開始した。勢いは牧野勢にあった。

「この勢いならば勝てる」

信成は勝機を確信した。その予想どおり、牧野の千に満たない兵は、松平の三千を越える兵とほぼ互角に戦っていた。

その中で、勇猛果敢に進撃する部隊があった。信成はこのような部隊がいるとは知らなかった。

「あの勢は誰じゃ？」

保成が、信成に尋ねた。

「わしにも分からぬ……」

目を細め、どこの勢か見極めようとしていた。

「……兄上？」

嵐のごとく進撃をしていたのは信成の兄成三であった。その勇猛さに引っ張られ、多くの牧野勢が後に続いた。目の前に立ちはだかる壁を打ち砕かんばかりの破壊力であった。

「あとにつづけー！」

信成の弟成高も続いて突撃していった。松平の勢を圧倒的な力で押し戻している。このままの勢いならば確実に牧野に軍配が上がるはずだった。

「吉田城を守れるかもしれぬ」

信成は、兄の進撃が牧野勢に与えた影響が大きいことを感じていた。

そのとき、牛久保城の家臣、野瀬善八郎が馬を走らせ、あわただしく戻ってきた。

「何事じゃ」

「信成殿、遠方から松平の後詰めと思われる部隊が迫ってきております」

「なにっ」

顔色が少し変わったが、勝機はまだあると感じていた。

「どれほどであるか？」

「おそらく千ほどかと……」

これほどのことで取り乱してはいけないと自覚していた。ここから見るに、兄成三の勢いは衰えていなかった。

だが、成三の勢いに乗じる兵の横から、松平の援軍と思われる兵に取り囲まれ始めていた。それを見ていた信成の顔色が変わった。松平勢は、見る見るうちに成三の兵を完全に取り囲んでしまったのだ。

「兄上！」

とっさに信成は馬に飛び乗って駆けていった。途中、弟成高を引き連れ、散らばっている松平の兵を打ち砕き、成三に向かって走った。信成の側近もあとを追った。

「兄上、持ちこたえてくだされ！」

聞こえなくとも叫ぶしかなかった。息も絶え絶えに成三のいるところへたどり着いた。牧野の兵の一部は、完全に松平の兵に囲まれていた。

「兄上はどこじゃ！　どこじゃ、どこにいるのじゃ‼」

辺りを必死に見渡しても、成三の姿は見えなかった。

「ここの中か……」

成高も必死に探していた。松平の兵を馬の上からにらみつけていた。

「ここを打ち砕くしかないようですな」

信成の周りには有力家臣が集まっていた。松平の兵と対峙している。

「成三殿を助ける。いざ！」

信成の進撃に続いて、すべての兵が松平に詰め寄った。この勢いのまま攻めれば勝てるはずであった。

松平の兵を後方へ追いやったとき、信成の動きが止まった。無人の馬が一頭暴れていた。その脇に人が倒れている。成三であった。

「兄上！」

松平の兵を振り払い、その場を近くにいた者に任せた。

成三のもとへ馬を走らせ、下りた。成高もそれに気がつき、急いで駆けつけた。

だが兄信成は、成三を抱いたまま、こちらを見て首を振っていた。

「信成殿！　松平の勢いに押されつつあります」

悲しむ余裕すらなく、後ろから危機を知らせる声が聞こえてきた。

信成はすぐに馬に乗り、駆けていった。そして、頭に浮かんだことをそのまま口にした。

「背水の陣を敷く！　兵を川岸に集めよ！」

信成は悲しみを胸のうちに秘めながら、もう後には引けないように自らを追い詰めていくのであった。

「兄上……」

成高には、今の信成の中に成三の魂が宿っているように見えた。

牧野の兵は川を背に隊を整えた。

「もう、これしかあるまい」

信成は覚悟を決めていた。逃げ道はもうない。生きるためには、この松平の兵を打ち砕くしかなかった。打ち砕くことができなければ死が待っている。

「成高！　そなたはどうする？」

「もちろん、最後まで死力を尽くします」

たとえ逃げ出したいと叫んでも、もはや手遅れである。背には川が流れている。団結しなければ生きて再び吉田城に戻ることはできない。

「牛久保の者はどうした！」

成高が辺りを見渡し気がついた。どこにも牛久保の勢がいなかった。

「やられてしまったのか……？」

だが、今は牛久保勢の安否に気をとられている余裕はなかった。目の前の松平をどう打ち砕くかに集中するべきであった。

「もうよい。ここにいる者だけで乗り切る！　生きるために戦うのじゃ」

一気に松平勢に飛びかかっていった。地響きが轟き、山から雪崩《なだれ》が流れ落ちるような勢いであった。

成三が松平の兵に囲まれ、信成が駆けつけたときから牧野の兵には勢いがなくなってきていた。松平方の援軍により、牧野の陣中で戦意の喪失を感じる者も多かった。今、なんとしてでも団結して乗り切らなければ、勝ちはない。そのため背水の陣を敷き、再び兵を奮い立たせることで勢いを取り戻させていたのだった。

「ん？　兄上！　あそこをご覧ください」

馬を走らせながら、成高の指さす方向に視線を向けた。何か見覚えのある顔であった。

「……成敏……？」

兜《かぶと》ではっきりとは見えなかったが、田兵衛成敏のように見えた。

目をこらして見ていると、松平方からの矢が信成の馬に数本突き刺さった。

馬は急に暴れだし、油断していた信成は振り落とされてしまった。

「兄上！　ご無事であるか！」

「信成様！」

成高、そして、近くにいた者が馬の向きを変え近づいた。

「ああ、大丈夫じゃ」

すぐに立ち上がろうとしたが、立てなかった。足を負傷したらしい。

「足をやられた」

よく見ると、信成の足に矢が刺さっていた。信成はそれを見ると、ためらうことなく思いっきり引き抜いた。

成高が暴れる馬を抑え、矢を抜いて信成を支えようとしたとき、何者かが後ろに現れた。

「信成、成高殿か。久しぶりだな。そなた方のおかげで松平殿に仕えることができたわ！」

いやみを込めて言った。

「田兵衛！」

成高は足に怪我をしている信成を馬へ乗せ、刀を握り締めた。目の前にいるのは田兵衛成敏であった。

「周りを見てみよ。圧倒的にこちらが有利じゃ。降参するなら今のうちじゃぞ。松平殿は寛大だからのぉ。きっと、そなたにも慈悲の心が下りようぞ」

馬に足踏みをさせ、いつでも動けるようにしていた。

「成敏、完全に牧野家を裏切りおったな」

「そうではない。一族を守ろうと思うたゆえ、松平殿につくのがよいと申したのじゃ！それなのに正岡に追放しおって！」

成敏は大声で叫んだ。

「そなた方が一族、いや、牧野に付き従う者すべてを裏切ったのだ。見てみよ。どれほどの家臣が死んでいるか分かるか？　この地獄はそなたが作ったのじゃ。違うか？」

信成、成高は、成敏に言われたとおり辺りを見渡してみた。死んでいる者、怪我をして苦しんでいる者、さまざまな兵が横たわり無残な光景であった。

「彼らを見殺しにしたのはそなたなのじゃ。違うか？」

成敏は信成を蔑むように言った。数カ月前であれば、信成が成敏に言う言葉であった。今の信成には返す言葉がなかった。

「兄上、早くお逃げください。このままここにいてはいずれ……」

「いや、最期まで……」

二人は小声で話していた。

「何をしておる。降参せよと申しておるのじゃ」

成敏が唾を飛ばしながら言ったが、信成は降参するつもりなどなかった。

「その気はない」

信成、成高はその場から逃げ遅れ、もはや成敏らの率いる兵から逃れることはできなくなっていた。

「兄上、この人数では……」

馬に乗りながらも刀が震えているのが分かる。信成は黙っていた。

五

「この吉田城は成敏にやる。そちの力で牛久保もまとめあげよ」

「ありがたきことにございます。牛久保はわたくしめにお任せください」

松平清康は牧野田兵衛成敏を前に呼びつけ、この吉田城を成敏に譲った。吉田城へは先ほど入城したばかりである。

「牧野の兵はなかなか手ごわい相手じゃったな。本当にしぶといのぉ。なかなか折れんかった。かような兵が東にいたとは驚きじゃ」

清康は最後まで戦い抜いた牧野を賞賛した。東三河の兵にこのように勢いがあり、しぶといことを松平は知らなかった。

「そなたにこの吉田城を任せると言ったのには理由があってな。明日から戸田のいる田原へ向かうつもりじゃ」

「あの戸田を討つおつもりですか？」

戸田のことを十分知っている成敏にとっては驚きであった。吉田城を得るのと同じくらいの被害が及ぶと予想できたからである。

「討つとは、ちと違うな。勘違いなさるな」

「いかがするおつもりでしょうか？　戸田は牧野に匹敵するほどの兵を保持しておりますぞ」

清康の傍らにいる本多正忠が言った。

「牧野と同等の兵を持っているのは知っておる。その兵を見事、この松平の思うままに動かすのじゃ」

「して、どのようにでしょうか？」

「簡単じゃ。そこまで苦労せずとも戸田はくだる」

清康は笑みをこぼした。余裕のようだ。

「なあ、成敏。戸田は今川のことが好きか？　嫌いか？　どちらじゃ？」

「えっ？　好きか嫌いか？　でございますか？　……嫌い、にございます」

「なぜ、そう思うのか答えてみよ」

成敏は頭を掻きながら順序立てて答え始めた。

「なぜかと言いまするると、まず今から二十数年前のことでございます。この吉田城、いや、今橋城と呼ばれていた頃、築城した翌年に今川を使ってこの城を先代の牧野から奪ったそうです。もとは、今川と松平殿の戦において、今川に背き松平殿についたとのこと。それは松平殿と婚姻があったからと聞いております。そして、それから十年経ち、今川が戸田の裏切りにようやく気がつき、ここを牧野と共に攻めております。そういう背景から今川のことを初めから好きではないと考えました」

父牧野古白を自害に追いやったことでさえ、他人事のように口にした成敏であった。

「そのとおりじゃ。皆の者、分かっていただけたか？　戸田を我が家に従わせるのも時間の問題じゃ」

集まっている者は納得していた。

牛久保城では、保成が緊急の集会を行っていた。

「皆の者、面目ない。力不足で悪かった。この牛久保城の力では松平を封じ込めることはできなかった。吉田城の信成殿は首を取られてしまわれたそうだ。牛久保勢は途中、吉田勢から分かれてしまった。攻撃を防いでいるときに吉田城方から連絡が来た。この戦は負けだと」

多くの者が泣いていた。負けたということより、たくさんの戦死者が出たことを嘆いていた。

「今川殿に忠誠を誓いたいが、皆の者、どうしたらよいだろうか？　このまま抵抗すれば無駄な死人を増やすだけである。これではいけないだろう」

すすり泣く声が聞こえてきた。

「今日より今川方から手を離さなければならない。一時的であってほしいが、どうなるのかは分からぬ。反乱を起こしたとて、このまま死人を増やしてどうするというのだ。最愛の者たちが次々と亡くなっていく」

保成は自分自身を納得させるように、こぶしを握り締めながら言った。この戦いで保成の父成種は、最年長にして討ち死にしたのであった。

「ここを守るには、そうするしかあるまい」

留守中の城を任されていた弟貞成が言った。ここで、どのような行動をとるかによって、この牛久保の行く末が変わってくるのである。

翌日、保成、成勝らは松平の手に落ちた吉田城に呼ばれた。

そのとき初めて成敏が一族を裏切り、松平方に回っていることを知るのであった。

「成敏！　なぜにそなたがここにいるのじゃ」

保成は驚き、そして、次第に憎しみが湧いてきた。

「ここの昔の城主には、いろいろなことをされたからのう」

「成敏！　なぜじゃ……。正岡にいたのではなかったのか？」

「ははは、あのときから松平方に気があると伝えておいたのじゃ。このような戦になったら加勢するという契約まで交わした。松平殿は寛大じゃよ」

完全に吉田城主になりきっていた。

「そなたは自分のしたことが分かっておるのか？　心配していたのが愚かだった」

成勝が珍しく問うた。今までどんなことがあろうとも、成敏のことを庇《かば》っていた己が情けなく思った。

「信成と同じことを聞くのう。戦の場でも似たようなことを発しておったわ」

「会ったのか？」

「偶然な。降参せよと申しても降参せぬからなあ。清康殿の家臣が首を切り落とした」

保成には怒りがこみ上げてくる。同じ一族であるのに、なぜ取り乱しもせず、淡々と話しているのか理解ができなかった。

「成敏……」

皆に苦渋の色が浮かんだ。

「わしに逆らっても無駄じゃ。牛久保城は、ここ吉田城に従ってもらう」

成敏ら吉田城の従者はにらみを利かせていた。牛久保の者は下を向き、何も言えなかった。

六

大崎城では、戸田金七郎宣成が腕を組んでいた。

「あの牧野が松平にやられたか」

「先ほど松平清康が今橋城へ入城したと聞いております」

いまだに牧野に対抗するために吉田城を今橋城と呼んでいた。従者畔田に対しても今橋城と呼ぶよう徹底していた。

「ほほう。で、その後はどうなのだ？」

「はっ。松平はその後こちらへ向かうようであります。東三河一帯を手中に収めようとしているようにございます」

「さようであるか。ここは松平殿に従ったほうがよいな。今川の時代も終わりよ。勢いのある松平と組むべきじゃな。松平の力を借りれば今川の力を抑え込めるだろう」

宣成は、今橋城から退かなければならなかったことが悔しくてならなかった。

「今川が牧野に力を貸さなければ、わしは落ちずにすんだのにのう。背後の今川は亡霊のようじゃ」

皮肉を込め、共に逃げ落ちてきた家臣に向かって言った。家臣も大きく頷いた。

「ひとまず、仁崎《にさき》御殿におられる政光殿の意見もお伺いせよ」

「ははっ」

畔田に対してさらに付け加えた。

「政光殿の意見をお聞きした後、異論がなければ田原城の宗光殿にも松平に従うよう命じてまいれ。頼んだぞ」

「ははっ」

田原城は数年前まで政光が城主であったが、嫡男宗光に譲り、政光は隠居するため仁崎に移った。康光は宗光の名を襲名していた。

「宣成殿の決断か……」

宗光も、叔父の宣成と同じように腕を組んでいた。やはり血が近いこともあり、腕の組み方、横顔はそっくりである。

「宗光殿、いかがいたします？」

「父上は、いかがいたすと？」

「政光殿もここは争わず、松平殿に従うのがよいとおっしゃっておりました」

「ほう、分かった。すぐに使いを走らせ、松平殿にこのことをお知らせ申せ」

「ははっ」

畔田は素早く走っていった。この身のこなしから戸田の従者に抜擢されたのであった。

畔田はもと二連木の辺りの豪族であった。二連木城を築城の際、戸田にくだったのであった。


松平の兵は渥美半島を下っていた。

一息ついている松平の陣中へ、畔田が飛び込んでいった。

「田原戸田からの使者畔田にございます。松平清康殿にお目通り願いたい」

膝をついて乞うた。

「しばし待たれよ」

松平の家臣、本多正忠が取り次いだ。

畔田《はんだ》はずっと膝をつき、控えていた。畔田の急な参上に周りの兵が戸惑い、武器を持ち周囲を囲んだ。それでも畔田は膝をついたまま、じっと動かなかった。

「戸田の使者であるか？」

兵の後ろから松平清康が顔を出した。松平の兵は振り向き、驚いた。すぐに畔田から離れ、同じように膝をついて頭を下げた。

「畔田にございます」

寸分も体を動かさず、名乗った。

「畔田か……。して、何用ぞ」

清康には分かっていた。頬を緩ませながら問いかけた。

「はっ。田原及び大崎の戸田は、松平殿にお力をお貸しいたすということにございます」

「さようであるか。よいことじゃ」

清康は扇を広げ、頬を扇いだ。計画どおりにことが進んでいることを大いに喜んだ。

「ご苦労であった。戸田殿に今川攻めの際はよろしく頼むとお伝えせよ」

「はっ」

畔田は素早く去っていった。

「清康殿。思惑どおりに戸田が動きましたな」

本多も頬を緩めている。

「そうだろう。わしの見通しも見事なものだろう。さて、兵を引き吉田城へ帰るぞ」

「はっ」

こうして、松平の兵は吉田城へ戻っていった。

それから十日間、清康は吉田城に泊まることになる。吉田城に泊まることで、周囲の武将たちに松平という存在と権威を見せつけることができたのであった。


十日後、松平は岡崎に帰陣することになった。

帰陣後、吉田城攻めで活躍した家臣、本多正忠の伊奈城で宴が行われた。

「清康殿、酒をお飲みください」

本多は清康に酒を注いだ。

「旨い酒だな。本多もようやってくれた」

清康が本多をほめているとき、襖が開き、肴を捧げた奥方が出てきた。

「ほほう。見事な器じゃな。これはどういう器なのじゃ？」

清康は水葵でできた器に興味を示していた。

「こちらは庭の池に浮かんでおります水葵の葉でございます。あちらでございます」

正忠が指をさす方角を、清康はそっと眺めた。

「すばらしい景色だな。気に入った、この葉を家紋としたい」

急な言葉に正忠は固まってしまった。

「このような葉でよろしいのでしょうか？」

不安そうな顔で清康の顔色を窺っていた。

「この葉でよい。この三ツ葉葵だ」

肴の器を食べ終えた清康は、三枚の葉を並べていた。

「恐れ入りまする」

二人は酒気を帯びた顔をしていた。

こんなにもあっさりと家紋を決めていいのかと、正忠は驚いていた。

七

翌年、松平清康は東三河をほぼ手中に収めることに成功した。

しかし、宇利城の熊谷備中守実長だけが、今川に属していた。

そこで、松平は兵を挙げ、奥三河へ攻め入ることになった。

そのとき、牛久保城や吉田城からも人が出されていた。

牛久保城は松平を刺激することを避け、従うことに徹していた。

牛久保の中には今川がなぜあの時、助けをよこさなかったのかという不満が募り始めていた。この火種は大きく燃えていくこととなる。

その頃、松平から西に位置する勢力である織田信秀には、信長が生まれていた。

この信長という人物が、のちに天下を大きく揺さぶることになろうとは、誰も思わなかった。

松平清康は東三河一帯を完全に平定した後、西の織田氏打倒のために兵を挙げた。

しかし清康は、無念にも守山進軍中に家臣の阿部弥七郎によって暗殺され、統一しかかっていた東三河が再び崩壊し始めたのであった。

清康の後継は、十歳の広忠に否応なくゆだねられることになった。

清康が家臣によって暗殺されたことにより、織田信秀は東三河に攻め込むようになった。

広忠は必死に守ったが、広忠の若さゆえついてくる者が少なく、松平家の内乱は絶えなかった。まとまりかけていた力が、またしても分散し始めたのだった。三河の地は織田の勢いに乗じて、織田方へ付くものも多くいた。


今川氏親の死後、この流れ来る時代と同時期に、家督を継いでいた今川氏輝《うじてる》が数年で亡くなり、その出家していた弟、梅岳承芳《ばいがくしょうほう》が今川家の臣、禅僧・太原雪斎《たいげんせっさい》らの働きによって家督を継ぎ、還俗して「義元《よしもと》」と名乗った。

雪斎は仏門を心得ており、仏門に勤しむ者の恐ろしさも熟知していた。

そのため、義元が家督を継ぐと、領内いたるところの寺に寄贈を行うことで信者の心を引きつけていた。

そのなかには、豊川妙厳寺山門を建造したこともあった。これは東三河の離れた心を再び今川方に引きつけるために行った策略であった。

三河の者たちを一つにすることは簡単なことではなかったが、信仰によりつなぎとめることとなった。

太原雪斎は、今川氏親に家臣になるように説得されたが、信仰心が強く、己が大切だと思うことに対しては頑なになり、どのようなことに対しても動じることもなかった。そのため、誘いを二度も断っている。

そんな人物が「義元」のためなら働いてしまうため、それほどまでに信頼を置いていたということだろう。

松平は清康の死後、内紛が絶えず、広忠は堪え兼ねて東条吉良氏を頼ることになった。頼られた東条吉良氏は、今川義元に助けを求めることになるのであった。

吉良氏は駿府の今川義元に援軍を求めた。義元はすぐに兵を派遣し、無事広忠は岡崎城へ帰城することができた。

このことがきっかけとなり、再び東三河が今川に従うことになるのである。

雪斎の見事な策略が功を奏した形となった。むやみやたらに血を流すのではなく、一人を助けることで多数の命をも救う策を考えていたのであった。

田原城の戸田宗光は、守山の惨劇を機に、大崎城の戸田金七郎宣成と話をしていた。

「宣成殿、今が時ではないのでしょうか?」

「うむ。松平殿の中も割れておる。今こそ今橋城を奪い返すときじゃ。あんな牧野にあの城を牛耳られたままでは悔しい」

「では、攻め入りましょうぞ」

淡々と語っていた。もし、忍びが潜んでいて話を聞いていたとしても、これほど淡々と語られては信じるべきことかどうか分からぬほどさらりとしていた。

戸田はすぐさま兵を用意し、吉田城に攻め入るのであった。

牧野成敏は、松平の後ろ盾がなければ何もできなかった。

牛久保城の保成も、成敏の一族裏切り行為に恨みを持ったのか、または、これは今川が戸田に吉田城を攻めろと申したのかと疑って、一切成敏に兵を送らなかった。

そのため、成敏はいとも簡単に吉田城から去っていった。成敏とはそういう男である。

牧野家を裏切った牧野成敏の家臣たちは、後に牛久保牧野氏に臣従し、牛久保の発展のために一から力を尽くすのであった。

城を取った戸田宣成は、再び吉田城を今橋城という名に改めた。

城下ではほとんどの者が吉田城と呼んでいたが、戸田の力で今橋と呼ぶよう強要した。

権力の移り変わりを示すためであった。

戸田金七郎宣成は今橋城に、宗光の次男宣光《のぶみつ》を二連木城に置いた。

二連木城は、今川の攻撃に備えるために改修中であった。

牛久保、小坂井一帯は、否応なく戸田の勢力下に位置することになった。

宗光は、田原城を嫡男尭光《たかみつ》に譲り隠居した。

八

松平広忠は、織田信秀に安祥城を奪われ、今川に後援を要請するも、激戦の末、今川は敗れ駿府へ引き返した。

そのように松平は、織田の勢力に飲まれながらも、生き残るべく強い力を作ろうとしていた。

松平広忠は、刈谷城の水野忠政と於富の子の於大を娶った。

松平広忠と於大の間に竹千代が生まれた。竹千代とは後の家康である。待望の子であったため期待がふくらんでいた。

広忠は松平全体をまとめる力のなさを歎き、せめてこの子だけは周囲の者の心をまとめあげてほしいと願っていた。

しかし、その願いは容易に打ち崩されてしまう。

於大の兄である刈谷城主水野信元は、もとより織田に心を寄せていたのだった。そのことが今川に伝わり、広忠に謀反の心がないか確かめる必要が出てきたのだった。今川への忠誠を立てるため於大を刈谷に返すことを要求し、広忠は仕方なく応じたのだった。応じなければ、そこに待ち受けているのは死のみであったからだ。

さまざまな状況が入り乱れ、真実を伝える方法も考えなければならない時代であった。

田原の戸田宗光は、そのことを耳にすると、ある計画を立てるのであった。

隠居した宗光は田原城の尭光、吉田城の宣成、二連木城の宣光らを集めた。

「今は織田殿の勢力が増しているように見える」

その場にいる者すべてがもっともだと頷いた。

「しかし、宗光殿。このまま織田殿に心を寄せ続け、今川に知られるとなると我らは攻められるに違いないぞ」

最年長の宣成の意見であった。

「そうであるなぁ。しかし、わしは織田殿に仕えていたほうがこれから先、安全だと思うのだが」

織田に絶大なる支持をしている尭光が眉根を寄せていた。辺りは静まり返った。

「松平殿の力となると装うのはどうであろう」

宗光が静まり返った場を切り裂いた。

「どういうことじゃ？　宗光殿」

「もし、織田方に心を寄せていると今川方に知られたら、容赦なく叩き潰されるであろう。今、松平広忠殿には正室がおらぬようだ。水野殿が今川殿への忠誠を示すため、松平殿の正室を刈谷城へ戻したそうだ。そこでその空白のすきに、真喜に嫁いでもらう。そうすることで、松平殿の力も得られ、背後にいる今川からの攻撃は受けずにすむかもしれぬ」

再び、そこに居合わせている者が静まった。

「父上、なかなか良い考えですが……。姉上を本当に松平に渡すつもりですか？」

尭光、宣光は実の娘を手放そうとする宗光を驚きの目で見ていた。

「一族のためになるのであれば、それは光栄なことだと思いたい。真喜を嫁がせようと思っておる」

一同は静まり返り、何も言えなくなった。父親である宗光の考えなので覆すこともできず、早計ではないかと思ったのだが、他にこれといった策がなかったということが理由で何も言えなかったのだろう。

宗光の娘真喜姫は可憐であった。美しく、しとやかであった。策略家の戸田一族の子とは思えないほど清楚であった。風貌そのものが策略であったのかもしれない。

真喜姫は松平広忠の室となった。

戸田はこれを期に松平と親しくし、今川からの目を他へ向けることに成功したかに思えた。

しかし、それは錯覚であり、翌年の冬、戸田が織田方に心を寄せているという事実が今川に漏れ、戸田は慌てふためくことになるのであった。

「厄介なことだ！　今川が気づいたじゃと！」

吉田城の戸田金七郎宣成は歯ぎしりをした。

「すでに、兵がこちらに向かっているようです」

「おのれ、今川は容赦ないからな。今さら何を言っても一切耳を貸さぬであろう。一体どこからそのような情報が漏れ出たのだろうか。なぜこの今橋へ攻め入るのか分からぬ……。おそらく二連木、田原へも攻め入るつもりじゃろう」

宣成は目を閉じた。

「畔田よ。二連木と田原に伝えてほしいことがある」

「なんでございましょう」

今川が戸田の裏切りに気がついたという情報を手に入れたのは、畔田であった。

「この今橋城のみ織田方に心を寄せたとするのじゃ。二連木と田原は今川につき、わしに攻め入る、今川に忠誠を示すのだ。そうすれば、二連木と田原は安泰じゃろう」

さすがの畔田も目を丸くした。

「宣成様はいかがするおつもりで?」

「わしは最後まで戦う。今まで攻められては逃げてきたが、今回その手は通用せぬだろう。今までそのように生きてきたから今川に目をつけられたともいえるじゃろう。二連木と田原を守るためには戦うしかないのじゃ」

「はっ。仰せのとおり、二連木、田原にお伝え申し上げてまいります」

畔田は宣成の胸のうちを汲み、すぐに二連木、田原へと向かっていった。


吉田城は報告どおり、今川義元の命によって出陣した犬居城の天野安芸守景貫《かげつら》にあっけなく囲まれた。宣成の策によって、二連木、田原からも出陣することになった。

「宣成殿はどうするおつもりだろうか?」

「わしにも分からぬ。最後まで戦うと言われておったが、我らは本当に攻め入っていいのだろうか?　理解し難いことだ」

尭光と宣光が誰にも聞かれぬよう小声で話し合っていた。お互いのためらいを確認し合っているようであった。

「松平の兵も来ているというではないか。やはり、松平も今川には逆らえぬということじゃな」

「真喜姫を娶っておるのにのう」

今度は家臣の中でざわめきが起こっていた。鎮める者は誰もいない。もちろん牛久保城の牧野保成も出陣していた。

天野景貫の兵が城へ攻め込んでいった。勢いはとどまるところを知らず、城はあっけなく落ちていった。

天野が城郭へ達したときには、宣成はすでに自決していた。その姿は古白の時と情景が重なるようであった。

この城は赤く染まることが多い。ここに至るまで、幾人もの想いがこの城の中に埋められている。

落ちた今橋城は天野景貫が城代となり、今橋城は再び吉田城に変わるのであった。

戸田の支配下にあった牛久保城は、これをもって今川に属することになった。ただ、今までのように城を牧野に渡すというようなことはなかった。吉田城への出陣の際、今川氏は城を奪還した場合、牧野に明け渡す約束をしていたのだが履行されなかった。さらに、牛久保城の内情についても踏み込んできたのである。戦乱が絶えない世となり、昨日の敵が今日の味方となり、明日には再び敵となってしまう。気の休まることのない世である。

この、城を牧野に明け渡すという約束を破ったことに激怒した人物がいた。牧野保成の弟貞成である。

「今川様は、約束を破られた！」

「そう怒るでない」

横でなだめているのは兄保成である。

「兄上、これはあまりにも理不尽ではございませぬか」

「確かにそうであるが……」

保成は仕方なさそうに言っている。

「都合の良いときにだけ兵を出し、都合の悪いときは兵を出していただけぬ。そして、都合の良いところだけ持っていく」

貞成は息荒く続けた。

「これでは忠誠も尽くせぬだろう」

保成はここまで興奮している貞成を見るのは初めてだ。

「貞成、分かった。これより吉田城を明け渡してもらえるように説得してくる」

貞成の気持ちを汲み取り、保成は行動に移すのであった。

二連木と田原は無事であった。宣成の指示どおり動いたゆえ、今川への忠誠を見せることができた。宣光、尭光らは田原に集まっていた。

「我々をかばって死を選択なさった宣成殿の想い、無駄にしてはならぬ」

尭光が言い出した。

「今川を許すことはできぬ」

「このうちは今川を恨み続けることになるであろう」

ところどころで声が上がっていた。

「何としても今川だけには味方したくない。だが、今のままでは反抗すればすぐに押し潰されてしまうのが目に見えておる」

「時が来るのを待つしかないのか」

二連木、田原の戸田は、この閉ざされた氷河がゆっくりと解けるまで、じっと耐え忍ぶのであった。いつかきっとこの無念を晴らすときが来るまで。

だが、憎しみを持ち続けてしまうことは、新たな憎しみを生む種となってしまう。どの時代でも、どんな一族でも同じ結果が待ち受けている。


今川義元の手に渡った吉田城に、謀反を企てた者たちが集められていた。作手亀山城の奥平定能も人質の一人である。当時十歳ほどである。定能の叔父貞友が今川氏へ謀反を企てたことにより、捕らえられている。

牧野保成は娘鶴とともに牛久保城から吉田城へ向かっていた。城へ仕官するのと同時に、城の返付《へんぷ》の履行について意見書を持って行ったのだった。

「あの子は、だれ?」

鶴は吉田城に入り進むと指をさし、父へ訊ねた。

「あの子は人質となっている子だ。行くぞ」

保成は急いでいた。

「何してるのかなぁ。寂しそう」

鶴は城内でポツリ一人で佇んでいる子が気になって仕方がなかった。

父に手を引っ張られ、鶴はよろめいた。


報告が終わり、戻る際、鶴は父の手を放し、その子へ向かって走っていた。

「これ、あげる」

そっと差し出したのはきれいな花だった。

「あっ、ありがとう……」

若き定能は花を見つめた。

「きれいだね」

心を映すかのような落ち着く色であった。

「うん。これは牛久保ってところから持ってきたの」

鶴はそう言うと、後ろから、

「鶴！　もう行くぞ」

保成は鶴へ声をかけ足早に帰っていった。後ろから鶴は追いかけている。

花に蝶が舞い止まった。そして、その蝶は花の中で踊ると空高く舞い上がった。

空にはまだ一片の雲が漂っている。あてもなく浮かび、どこかでつながり、やがて分かれる。

それでもなお、居場所を求め、漂い続けている。


〈下巻に続く〉

あとがき

この小説は今から十五年前、私が大学生の時に書きあげていた作品が元となります。昨年より見直し始め、一部加筆修正した作品です。見直しを進めていくと、一冊に収めることができなかったため「上巻」「下巻」と二冊構成とさせていただきました。

私は小説や歴史には疎く、分野も全くかけ離れておりましたが、地元を離れ、生き方について考え始めたところ、歴史を深く知ることで何か得られるのではないかと考えました。私の生まれた「愛知県豊川市」について調べていくと大変興味深く、面白く、この地域の隠された歴史を皆へ伝えるためにはどうしたらよいかと考えたところ、辿り着いたのは小説を書くことでした。当時、お寺へお話を伺いに行くなど、情報を収集しておりましたが、小説の舞台となる時代は予想以上に複雑でした。極力史実に沿って書きましたが、一部は史実から逸脱している点がございます。歴史に興味を持っていただけるよう手を加えているため、ご了承いただけたらと思います。

十五年前の当時、未完のまま文芸社へ原稿を送り、早期の完成を期待されていましたが、昨年までの十三年間、忙しさを理由にずっとこの作品は日の目を見ることのない状態でした。私自身も過去のことと思い、日常と関係ないため封印をしておりました。

しかし、二〇二〇年、新型コロナウイルスという、目では見えない恐怖が世界に猛威を振るう中、改めて生き方と向き合う時間ができました。そして、この眠っていた小説を見直す決意をしました。いくつか出版社にご検討いただき、様々な高評価をいただきましたが、最後には原点の文芸社へ依頼する運びとなりました。十四年ぶりに担当の方へ連絡したところ、当時を覚えていてくださり、快く出版までフォローしていただきました。関係者の皆様、誠にありがとうございました。


表紙の題字と背景は私と同じ「愛知県豊川市」出身の夏目珠翠様にお願いをしました。夏目珠翠様は「ことばで心を豊かに」する「書道家」であり、書画を拝見した際、心動かされました。このような時代だからこそ、心を穏やかにする必要があり、ことばの力が大切だと共感し、是非とも作品の表紙を飾っていただきたいと思い、ご依頼をさせていただきました。快諾していただき、人々の心に潤いを与える素晴らしい想いを表現していただき、誠にありがとうございました。

なお、夏目珠翠様はインスタグラム「@kotonoha_shusui」にて、生きづらい人が前向きに、生きやすくなるようなことばを発信されております。ご覧いただけたら幸いです。

この作品が、皆様の心に響き、この大変な時代を乗り越えるための一助となることを願っております。

岩瀬　崇典

著者プロフィール
岩瀬 崇典（いわせ たかのり）
1984年7月7日　愛知県豊川市生まれ

愛知県立時習館高等学校卒業、東京理科大学理工学部工業化学科卒業
服部栄養専門学校パティシエ・ブランジェ専攻科終了、KAPLAN Aspect Sydney語学留学
大学在学中、化学及び物理の本を共同執筆出版経験有り

現　株式会社　白惣　取締役・製造部長
　　＊野球用木製バットのOEM製造
現　HAKUSOH　BAT, INC.（米国）　CEO
　　＊自社ブランド野球用木製バットを世界各国へ販売中
　　“SPARK ALL OVER THE WORLD”を掲げ、心揺さぶる想いを世界へ発信中

渦巻いて　三河牧野一族の波瀾〈上巻〉

2021年11月15日　初版第1刷発行

著　者　岩瀬 崇典
発行者　瓜谷 綱延
発行所　株式会社文芸社
〒160-0022 東京都新宿区新宿1－10－1
電話 03-5369-3060（代表）
03-5369-2299（販売）

印刷所　株式会社フクイン

ISBN978-4-286-23059-7